向世界綻放笑靨

藍色水銀 / 765334 / 汶莎 / 君靈鈴　合著

Family Sky　天空數位圖書出版

目錄　　　　　藍色水銀

情定日出/07

向世界綻放笑靨

● 目錄

765334

愛是成全/41

目錄　　　汝　莎

向世界綻放笑靨/85

向世界綻放笑靨

● 目錄 君靈鈴

愛？不愛？/121

情定日出

文：藍色水銀

藍色水銀

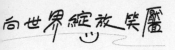

一：意外的相遇

熱鬧的忠孝西路上，每個人的腳步都非常快，尤其是年輕人，他們總是在趕時間，但有個三十歲的女人在左顧右盼，她正在找人問路。

「先生，請問漢口街要怎麼走？」

「我剛好要去漢口街，一起走吧！」回話的男人也年約三十歲，是個瘦高的型男，女人在他身旁，顯得非常嬌小。

「謝謝！請帶路。」

男人的髮型很特別，跟電影中賭神的很像，全向後梳並抹上一層油，但他有張鵝蛋臉、迷人的電眼、挺拔的鼻樑、微揚的嘴角、微張的上唇，身穿全黑的西裝跟皮鞋、白襯衫上一條藍色的領帶，比天空的藍略深一些，淡金色的領帶夾，兩人的後面跟著一個年輕男人，是這個男人的助理。

女人身穿緊身的黑色印花短袖，上面印著白色的

史奴比躺在狗屋上、天藍色的緊身牛仔褲、黑白兩色運動鞋、黃色側背包上印的也是史奴比，她的頭髮長度在肩上一點、額頭上有個小疤痕、眼睛不大但有雙眼皮，鼻尖的位置略為隆起，微笑總是掛在臉上，但此時的她笑不出來了。

「先生，可以走慢一點嗎？」

「太快了嗎？」那男人回頭問。

「人家的腿比較短嘛！」女人有點喘的停下腳步。

「好，反正也快到了，妳要去的地方有地址嗎？」

「在這裡。」女人拿出一張名片遞給男人。

「這裡我知道，可以走了嗎？」男人露出詭異的笑容。

「走吧！」

「到了。」男人比著一棟辦公大樓並走向電梯。

「你在這裡工作嗎？」女人問。

「不瞞妳說，我的公司跟妳要去的地方在同一層

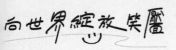

樓。」

「這麼巧？」

「是啊！」三人上了電梯，助理按了八樓的按鈕。

「再見。」出了電梯後，男人跟女人道別。

「再見，謝謝。」

當天晚上九點半，兩人在電梯前相遇，這是他們
打開彼此心門的重要時刻。

「這麼巧？下班了？」男人問。

「是啊！下班了。」兩人一前一後進了電梯。

「吃飯了沒？」

「還沒。」

「一起吃好嗎？附近有間不錯的餐廳。」

「可是我很窮，怕吃不起。」

「別擔心，我請客。」

「那怎麼好意思。」

「走吧！別虐待自己了。」此時電梯到了一樓。

「那我就不客氣了。」

兩人進了一家西餐廳，選了一個角落的位置。

「還沒請教，怎麼稱呼？」女人問。

「李東來。」男人遞了自己的名片，職稱是貿易公司總經理。

「我叫葉秋紅，第一天上班，所以沒有名片。」

「點餐吧！我很餓了。」

葉秋紅看著目錄上的價格，遲遲不敢決定要吃什麼！因為一份最便宜的排餐也要S1490，最貴的則要價將近S10000。

「怎麼了？」李東來問。

「都好貴。」

「原來是這樣，別擔心，我請客。」

「我們才剛認識，不好意思讓你破費。」

「真的不要客氣，以後我還需要妳多多幫忙。」

「我不懂？」葉秋紅皺眉問。

「其實，我們是同一家公司，只不過我負責的是進貨，妳們那邊則是客服跟銷售。」

兩人邊吃邊聊，不知不覺就已經是午夜兩點半。

「很晚了，我們該走了。」李東來拿起帳單說。

「嗯！」葉秋紅點頭。

「妳住哪裡？我送妳回去。」

「我家住新竹香山，本來打算住三重表姊家的，可是現在已經太晚了。」

「這樣吧！我載妳回家，然後順便幫妳載行李。」

「這怎麼行？你不用睡覺嗎？」

「明天是假日，妳忘了嗎？」

「我真的忘了。」

二：可憐的身世

兩人上了一部銀色 BMW-750，並一路聊天，直到他們到了新竹香山。

一間破舊的房子，只有十坪不到，所有的家俱都很舊了，玻璃窗裂了，還用紅色的膠帶黏住。

「這裡發生什麼事了？」李東來問。

「我父親愛喝酒，上個月肝硬化死了，我母親在我小時候就病死了。」

「有兄弟姊妹嗎？」

「我哥哥混黑社會，殺了人，被判無期徒刑，至少還要關十年。」

「所以妳現在一個人住這裡？」

「嗯！」葉秋紅點頭。

「我明天幫妳在公司附近租一間套房好嗎？」

「可是我沒錢了。」

「別擔心錢的問題。」

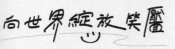

「我很累了，有什麼事，睡醒再說，好嗎？」

「沒問題。」

「床很大，一人睡一邊吧！這邊給你睡。」葉秋紅比著床的右邊，那是一張八尺寬的床，上面鋪著四張榻榻米。

「晚安。」

天亮了，李東來可能太累了，還在被窩裡，但葉秋紅已經起床做早餐，不知是九層塔蛋太香？還是炒菜的聲音太大，李東來醒了，他坐在床上，看著陽光灑進廚房，也看著葉秋紅的背影，他心想，這麼好的女孩，一定要好好把握，跟台北的女孩比起來，葉秋紅不僅清新脫俗，而且非常單純毫無心機，絕對會是個好老婆。

「你醒啦！先去洗臉，然後過來吃早餐。」

「好。」李東來的動作很快，把頭髮弄好之後就來到小小的餐桌旁。

「吃飯了，嚐嚐我們鄉下的早餐。」

「好香，是九層塔蛋，這是肉鬆嗎？」

「對，我喜歡肉鬆配鹹粥。」

「這麼巧，我也喜歡這樣吃。」

兩人又早餐時間就聊了許多。

「這是我家唯一的相簿，你先看看，我去洗碗。」葉秋紅的給李東來一本紅色絨布外皮的相簿，微微一笑便轉身，這一笑，李東來更確認了他的想法，勢必要跟她結婚。

「可以開始整理了。」李東來說。

「其實也沒多少東西，我自己來就好。」

「好，我去車上拿幾個大袋子來裝。」

「好啊！我正愁沒袋子。」葉秋紅打算把全部的衣服跟重要的東西全帶走，因為她現在已經沒有牽掛，也沒有退路了，畢竟香山沒什麼工作機會。

「都好了，裝進袋子就行了。」葉秋紅說。

「這麼快？」

「我是窮人家的小孩，東西自然不多。」

「來，我幫你裝，妳把袋子口撐開就好。」

「嗯！」

「套房我已經安排好了，不過家具要明天才能換新，晚上妳先睡旅館。」

「好。」

三：絢麗的城市

葉秋紅入住的飯店，有不錯的景觀，但李東來決定打鐵趁熱，直接帶她去看電影。

「陪我看場電影好嗎？」

「好啊！我好久沒看電影了。」於是他們前往大直的美麗華影城，買了兩張電影票，上面印著《天才的禮物》。

「電影好看嗎？」散場後，李東來問。

「很棒，我都感動的哭了。」

「真的嗎？沒想到你的感情這麼豐富。」

「我爸雖然愛喝酒，但年輕的時候對我說過，凡事用心，一定可以感同身受。」

「好深奧的話，我們去搭摩天輪好嗎？」

「我沒搭過。」

「那就走吧！妳一定會喜歡的。」

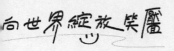

　　摩天輪上，視野非常好，遠處的 101 大樓都看的到，台北的夜景也盡入眼簾。

　　「真的好漂亮，對了，你對我這麼好，我該怎麼報答你？」

　　「當我的眼線，客服部有內奸，專門搞破壞，雖然裝了針孔偷拍，但沒有辦法一直拍，因為針孔有電量的限制。」

　　「有可疑的對象了嗎？」

　　「沒有，所以我需要妳的幫忙。」

　　「好，只要能幫你，我一定全力以赴。」

　　「別聊公事了，快看。」李東來比著遠方的煙火。

　　「好漂亮，我好久沒看到煙火了。」

　　「在台北，不愁沒煙火看，就快跨年了，101 大樓的煙火更特別，還有大稻埕的情人節煙火也不錯。」

　　「你喜歡城市的熱鬧還是鄉下的靜謐？」

　　「應該說我善於利用城市的方便，但我享受鄉下的生活步調。」

「那就是兩個都愛嘍！」

「都市有她獨特的美，就像現在，她是個身穿華麗晚服的女神，而白天，卻冷酷的像座冰山，縱然有千百人從你身旁走過，依然覺得自己是孤單且寂寞的。」

「太深奧了，我還沒有體會。」

「等一陣子過後，你自然會明白我說的。」

「我有點累了，可以回飯店了嗎？」

「我發現妳很容易累，是肝的問題嗎？」

「前一陣子為了我父親的喪事，常常沒睡好，到現在都還沒正常。」

「這樣吧！我給妳一星期的時間，把套房整理好，也把自己的精神狀況調整好，不然妳要怎麼幫我？」

「這樣好嗎？」

「就這麼決定了。」

回到飯店的葉秋紅，卻徹夜難眠，因為李東來對她太好了，她意識到李東來可能喜歡上自己了。回到家的李東來也是徹夜難眠，雖然自己在職場上非常成

功，卻總在情場上失意，喜歡上自己的多半是看上他的錢，一想到這裡，他似乎找到答案了，那個曾經跟他告白失敗的客服小姐陳意文，現在都不跟他打招呼了，沒錯，內奸一定是她，李東來決定先鎖定陳意文。

四：珠寶大亨

　　說是租套房，其實那原本是李東來的私人空間，他把自己的東西清空之後，便讓給葉秋紅入住，葉秋紅接手的時候，全是些高級的家具跟家電，那是室內約十二坪的空間，以行情來說，大約值三千萬，月租起碼要二至三萬，但葉秋紅並不知情，只覺得這套房很舒服，視野很好。

　　下班了，李東來主動到套房這邊關心，兩人坐在沙發上，李東來一面看財經頻道，一面跟葉秋紅聊天。

　　「這房子還可以嗎？」

　　「很舒服，謝謝你。」

　　「這裡是二十萬，拿去買幾套好一點的衣服，還有高級一點的鞋子，剩下的當成生活費。」

　　「這怎麼行？」

　　「妳不買那些衣服的話，不只同事會笑妳，萬一妳需要出去談生意，客人也會覺得我虧待妳的。」

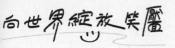

「真的嗎？」葉秋紅半信半疑地瞪著李東來。

「當然是真的，有些人很勢利眼的，收下，如果妳覺得不妥，以後從薪水慢慢扣就好了。」

「那不就要還好幾年？」

「這麼沒自信？我們很多同事都年收入百萬的。」

「這麼厲害？」

「我們有很多客戶都是有錢人，妳要記住，台北市應該有六到十萬個億萬富翁，大約是人口的百分之二到五之間，所以妳的潛在客戶非常多，別擔心他們會花不起。」

「有什麼銷售技巧嗎？」

「實話實說，不要怕殺價，客戶多半知道行情，就算砍到七折，妳還是有可觀的獎金。」

「那公司的利潤呢？」

「別擔心，公司的財務很健全，每個月的營業額都超過五千萬，養二十幾個員工沒問題的。」

「哇！台北的有錢人，消費能力真高。」

「話雖如此，妳也不能覺得他們是肥羊，因為講到精打細算，他們算盤打得比誰都精。」

「你要我實話實說，難道公司有人吹牛？」

「以前曾經有幾個員工是這樣，結果客戶大罵我們不老實，害公司承擔退貨，損失了不少獎金，因為他們很快就把獎金花光了，根本賠不出來。」

「後來呢？」

「全都離職了，現在的銷售人員，如果吹牛販賣商品，後果自負，還可能坐牢。」

「那我該怎麼辦？」

「別急，妳先學，我很看好妳的潛力。」

「對我這麼有信心？」

「沒什麼困難的，這本寶石基礎先看完，然後再把訂價表跟最低折扣搞清楚就行了。」

「這麼厚？」

「別緊張，我們的主力放在紅寶石、藍寶石、祖母綠、丹泉石、巴西帕拉伊巴碧璽等等，除了這五種，還有鑽石妳可以看看，其他的就等妳有空再看，尤其

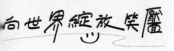

是最後的拉伊巴碧璽，我現在手中有一批，有機會讓妳賺到一間房子。」

「這麼厲害？」

「這批碧璽是我十幾年前買的，當年我看好它的潛力，買了不少，現在已經到了出手的時機了。」

「為什麼你自己不賣？」

「我知道底價，所以會不忍心出給客戶，但現實面是這批珠寶已經漲了快一百倍，而且還有可能漲更多。」

「那該怎麼賣？」

「把最近幾年的拍賣價格說出來即可，客戶必定會比價的，妳只要說證書一定可以過，過不了包退，還賠客戶一百萬。」

「可以賠這麼多？」

「別擔心，這些碧璽都已經有正式的證書，客戶不相信的話，就再驗一遍而已，絕不會讓公司賠到錢的。」

「好，衝著一間房子，我一定全力以赴。」

「很好，妳一定會成功的。」

五：初生之犢

祕密特訓了十天之後，李東來派了助手陪著葉秋紅去一間銀樓，那個老闆非常內行，砍價也非常狠，直接用兩折的訂價當成見面的震撼禮，豈料葉秋紅反將了一軍。

「蔡董，您是內行人，這個價別說要賣您，就算加兩倍，我們也買不到，不然這樣好了，您有多少這種等級的帕拉伊巴，我代表公司用您開價的三倍跟您買。」

「哈！沒想到我沒唬到妳，反而被妳上了一課。」蔡董大笑，知道自己遇到對手了。

「不敢，以現在的行情只能賣您九折，而且下一批貨，必定超過這個價，您買了一定大賺。」

「話是沒錯，但我沒這麼多現金。」

「蔡董，您真愛說笑，珠寶界誰不知道您有百億身價，區區五億，怎可能難倒您！」

「哈！原來妳做足了功課，看來我被李東來耍了。」蔡董又大笑，但卻是苦笑。

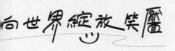

「蔡董，李總對您最好了，這批貨您是第一個見到的客戶，連公司的高階主管都不知情。」

「小張，是真的嗎？」蔡董看著小張。

「是真的，這批貨沒有出現在會議記錄中。」

「這麼說來，這批帕拉依巴是專程留給我的？」

「應該是，李總還特別叮嚀我，絕不能讓公司任何同事知道，怕他們會搶銷售權。」

「好，既然李東來這麼有誠意，那我就不客氣了，八折，我全收了。」

「蔡董，李總只給我百分之二的傭金，就算我不賺錢，也不能賣這麼低啊！八八折吧！就當我白跑一趟。」

「看樣子，我只能跟李東來殺價了。」

「李總在巴西礦區，他說如果您的出價低於九折，他就找別人買了。」

「好吧！就八八折，妳的獎金我給妳一百萬，總共四億四千一百萬。」

「蔡董，您這樣我以後不敢來了，我會被高階主

管笑的。」

「那妳想要怎樣？」

「下一批帕拉依巴，您要用九折訂價全部買下。」

「開什麼玩笑？東西都沒看到。」

「難道您不相信李總？」

「這～好吧！九折就九折，下一批來了再說。」

「那就麻煩您轉帳了，證書都在這裡。」

「沒想到妳這麼懂帕拉依巴的價格。」

「李總不想被拍賣公司抽那麼多，特地將利潤留給您，希望您能了解他的用心。」

「轉好了，半小時後入帳，妳們坐一下，我先去找師傅研究該怎麼做這批貨。」

「那就謝謝蔡董了。」

　　十多天後，李東來帶著另一批的帕拉依巴回到台北，並直奔葉秋紅的套房。

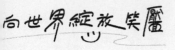

「聽小張說，妳表現得很精采。」

「我只是實話實說而已啊！」

「妳那招反向收購，真的有嚇到蔡董了。」

「誰叫他想欺負我！」

「我就知道妳有大將之風，這批帕拉依巴再拿去賣他，價格多三成。」

「開價嗎？」

「不，成交價是上次訂價的一點二倍。」

「這樣他會買嗎？」

「妳放心，他一定買，現在亞洲沒人有這麼漂亮的貨，有的話，價格也一定非常高，高到沒利潤。」

「如果他不買呢？」

「那就告訴他，我會去香港拍賣會出掉。」

　　兩人到底又討論了些什麼？其實都在李東來意料中，葉秋紅也順利賣出第二批帕拉依巴，兩人聯手，在短短一個多月就賣了十三億的營業額，葉秋紅順利進帳三千萬。

六：近水樓臺

「首批任務完成了，再來就是幫我揪出內奸了。」

「我大概知道是誰了。」

「這麼厲害？」

「應該是意文，我聽到她對金寶銀樓的老闆大小聲。」

「妳怎麼確定是金寶銀樓？」

「這是通話紀錄表，這裡是你要的錄音檔。」

「好，這事我會處理，妳繼續調查，看還有沒有內奸？」

「我懂了！」

於是葉秋紅每天下班都仔細聽錄音，終於找出第二個內奸，那是銷售部的經理，他用最低價賣給競爭對手，客戶會給他等同獎金的現金，雖然公司損失不大，但卻賺不到錢，還得繳營業稅，無形中造成資金周轉的困擾。

「沒想到內奸不只他們兩人，去年領一千多萬的吳副理自動請辭，應該也是有問題。」李東來說。

「吳副理應該是掉包，因為客戶退回來的貨，都跟證書不符合。」

「損失多少？」

「大概五百萬。」

「算了，不追了，我猜他也沒錢了。」

「你怎麼知道？」

「他沉迷酒店小姐，賺多少花多少！」

「原來如此。」

「不談公事了。」

「那你想談什麼？」

「陪我去十八王公拜拜，然後看日出。」

「什麼時候出發？」

「一點半吧！」

「半夜嗎？」

「不然呢？白天出發怎麼看日出？」

　　兩人就在套房裡聊了三個多小時，然後到附近吃了牛排才出發，深夜的車不多，但一路上很多紅綠燈，也很多測速照相跟臨檢，因此也無法很快到達。

　　「怎麼會想到這裡拜拜？」上完香之後，兩人在核電廠出水口的橋上看著流水，葉秋紅問。

　　「很特別的緣分，主要是拜了之後，事業開始發展，之後就常來。」

　　「你相信這種事？」

　　「相信，就像我相信妳會成為銷售冠軍一樣。」

　　「什麼意思？」

　　「在妳進公司之前，我曾經問神，神明的指示是要我找一個外行人，而且是二十九歲的女生，最好住海邊。」

　　「真的假的？不會是巧合吧？！」

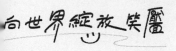

「寧可信其有。」

「你要我做的，都已經完成了，再來呢？」

「妳相信緣分嗎？」

「你想說什麼？」

「妳想過成家立業嗎？」

「想過，但沒人敢接近我，大家都說我會剋死親人。」

「但我覺得我們兩人很合啊！妳才來公司幾個月，我們就從蔡董手上拿了十幾億的單，其他公司也有五億多，遠比去年的六億多了兩倍，今年有機會挑戰四十億營業額。」

「我只是運氣好而已吧！」

「不，其他人都怕蔡董，只有妳敢正面迎戰，也因為這樣，蔡董才會買那些貨，以前派去的銷售員，有些哭著回來，有些直接辭職，他是很可怕的客戶啊！吃人不吐骨頭的。」

「說不過你，香已經過了，我們走吧！」

七：情定日出

車子來到翡翠灣附近的山路上，那是飛行傘的起跳台，此時才凌晨四點多。

「哇！滿天的星星，好美。」葉秋紅以前雖然住香山，但海邊風大，晚上不太出門，不知道家鄉的星星也很美。

「有流星耶！」李東來比著遠方。

「對啊！忘了許願。」

「總有機會的。」

「不過這裡好冷，我們可以回車上等嗎？」

「好啊！」

「這是暖暖包，放在口袋裡吧！」

「謝謝！」

「你常帶女生來這裡嗎？」

「妳是第一個，我希望是唯一的一個。」

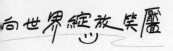

「你想怎樣？」葉秋紅似乎明白今天出來的意思了。

「如果妳願意，我們交往看看，如果妳願意，就結婚啊！」

「你對女生說話都這麼直接嗎？」但她還不太相信。

「我只對喜歡的女生這麼說。」

「那我是第幾個？」於是她又試探了李東來。

「第二個。」

「那你怎麼沒跟第一個在一起？」

「她希望我天天陪著她，但我沒那麼多時間，後來，她成了富二代的小老婆，唉！被元配知道後，把她毀容，結果她拿刀殺死元配，再用車子撞死富二代，現在還在監獄裡面。」

「真蠢，事業有成的男人，怎會有太多時間陪老婆的，她一定是電視劇看太多了。」

「妳也覺得我可以很忙，忙到不用陪妳？」

「事業成功的男人，忙是正常的，女人就應該打

理好家裡，讓他沒有後顧之憂。」

「妳還沒回答我的問題，妳願意跟我交往看看嗎？」

「你確定嗎？我只是個鄉下姑娘，沒學歷、沒見識。」

「不，妳很堅強、善良、單純、正直、認命，還有不貪財、會做飯，這些都是都市女孩無法全部兼備的，一般都會少一樣到兩樣。」

「有這麼難嗎？」

「那妳說說妳的女同事，還有誰是全部都具備的？」

「好像沒有。」葉秋紅想了一會才說。

「那就對了，妳現在還懷疑我的誠意嗎？」

「不，其實你對我這麼好，我早該猜到的，只是父親剛死沒多久，我又無依無靠，初到台北實在很迷惘，所以不敢奢望跟你在一起。」

「那現在呢？」

「閉上眼睛，我現在就給你答案。」

　　當李東來閉上眼，葉秋紅吻了他的唇，此時東方露出一道紅光，太陽即將浮出海面，但兩人繼續熱吻，而整個海面也因為陽光而亮起來，泛著微微的紅。

　　「快日出了，我們快過去。」李東來停下了吻，拉著葉秋紅的手走到懸崖邊上，摟著她的腰，兩人看著如此美景，情不自禁地又吻了一會，直到刺眼的陽光照在他們一側的臉上，天亮了，到了該回台北的時刻。

八：單純的甜蜜

　　兩人望著遠方的野柳，兩人都沒想到愛情來得這麼快。

　　「該回去上班了。」葉秋紅說。

　　「不，既然來了，就盡情地玩吧！」

　　「好，接下來呢？」

　　「去那邊啊！」李東來比著野柳最遠的地方。

　　由於野柳要早上八點才開放，所以兩人在早餐店坐了一會，也開始討論人生大事。

　　「你現在一個人住？還是跟家人住？」葉秋紅問。

　　「我還有一個弟弟，爸媽住在陽明山上。」

　　「以後我們要住一起？還是維持現狀？」

　　「先別變吧！我可以經常去妳那邊啊！」

　　「怕我綁著你？」

「不是，我弟弟不成才，交友複雜，早晚會出事的。」

「勸不動嗎？」

「他根本不想努力，只想著享受。」

「讓他結婚，生個小孩，也許就長大了。」

「真的嗎？」

「值得一試啊！」

「可是，要他結婚也要有對象啊！」

「接替意文的新人小萱是個不錯的女生。」

「就不知小弟喜不喜歡她？」

「你只要負責介紹，其他的由我負責。」兩人就這樣聊了將近兩小時。

冬天的野柳風很大，不比新竹香山的小，但兩人手牽手，一路上嘻嘻鬧鬧地，感情升溫的很快，隔天晚上又到新北耶誕城，然後是信義區的百貨公司，那裡的聖誕味是全台灣最濃的，走到那裡都有聖誕樹，

接著又上去 101 大樓，然後在 2017 年的最後一天來
到了國父紀念館外的廣場，等待著跨年煙火，而那個
身世可憐的女人葉秋紅，早已消失不見，她即將成為
珠寶公司的總經理夫人，幸福洋溢在臉上，李東來也
變了，他不再堅持油頭，而是剪了俐落的短髮，此時，
廣場上人聲鼎沸，附近的所有人都在等待新年的到來，
數十萬的情侶都開心地觀賞煙火，這應該是台北最甜
蜜的時光吧！

「散場了，我們去妳那裡慶祝！」

「好啊！但我有點餓了。」

「想吃什麼？」

「附近不是有一家二十四小時營業的茶餐廳？」

「我知道那裡。」

「好吃嗎？」

「還可以，怕妳吃不慣而已。」

「我有這麼難養嗎？」

「應該沒有。」

「那你擔心什麼？」

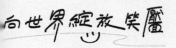

「沒事，畢竟港式點心只有蘿蔔糕跟台灣人吃的比較像，其他的好像都不相同。」

「正因為不一樣，所以才想去嚐嚐啊！我從小就吃家裡的東西，後來也都以便當為主，對於大都市的美食，非常陌生啊！」

「以後的日子還長的很，台北的美食夠妳慢慢嘗試好幾年了。」

「你願意一間間陪我試試嗎？」

「沒問題啊！」

（全文完）

愛是成全

文：765334

765334

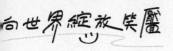

一、臨檢

「臨檢！警察臨檢！」

「警察臨檢！開燈開燈！」

「通通不准動！證件！證件拿出來！」

范文妍倒酒的動作，因為外頭傳來的聲音而停止。

她心想，臨檢？怎麼這麼奇怪？竟然沒有任何通知就臨檢？

放下手中的酒瓶，她緩緩起身，然後說：「我去看看。」

下一秒，一隻手抓住了范文妍。「不用了，讓外面的去處理就好。」

「是，明哥。」語畢，范文妍返回了座位。

「繼續。」突然被迫中斷的鋼琴聲，再次響起。

琴聲悠揚沒多久，包廂的門，被慌張地打開。

「Lisa 姐，警，警察要進來了。」

「慌慌張張，像什麼樣。」范文妍優雅起身，她都還沒走到門口，四名警察腳步匆忙地走了進來。

站在最前頭的警察，一看到范文妍，立刻停下腳步。「Lisa 姐，抱歉，今天沒有事先通知，這是上面的意思，最近……」

不等那名警察說完，范文妍打斷他：「沒關係的，有需要我幫忙的地方嗎？」

順著范文妍的視線，這位警察看見了坐在沙發上的男子，他緊張地說：「明，明哥，不好意思，不知道您今天在店裡。」

范文妍發現了明哥臉上不耐煩的表情，趕緊開始收拾，準備離開。

這時，那名警察繼續說：「明哥，跟您介紹一下，這位是局裡新來的，叫任堯。」

「任堯？」范文妍停下手中的動作，驚呼出來。

她的驚訝，讓大家紛紛看向任堯。

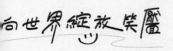

　　下一秒，任堯馬上被旁人給推了上前。「任堯！跟明哥還有 Lisa 姐打招呼啊！」

　　任堯的不屑，完全寫在臉上。

　　「你？你是任堯？」范文妍張大了雙眼，看著任堯。

　　任堯翻了個白眼說：「是，Lisa 姐姐，我姓任，名堯。」

　　就在大家還搞不清楚發生什麼事情之際，一名資深警察，趕緊將任堯給推回後方，讓他不要再跟范文妍有任何接觸。

　　任堯被這麼一推，更加不悅地說：「欸！我們是警察耶！為什麼要這樣卑躬屈膝的啊！我⋯⋯」

　　話說到這，任堯的嘴，已經被摀了起來。

　　雖然被禁言，任堯依舊喋喋不休，依依嗚嗚的聲音，迴盪在包廂。

　　「明哥，不好意思，小朋友，不懂事。」

　　明哥的視線，緩緩地瞄了一眼任堯。

接著，他揮揮右手，示意要離開。

眾人卻發現，范文妍動也不動地，站在原地。

她這樣的反常，讓明哥不耐煩的說：「文妍，走了。」

這時，范文妍才終於回過神來，趕緊走到明哥身邊，跟他一起從後門離開。

同時間，任堯也被眾人帶離包廂。

他的情緒，不知怎麼地，越發的激動。

只是，他所有的聲音，都模糊不清，沒人聽得懂。

就在范文妍踏出包廂的那一刻，她聽見，後面有人大聲地吼出：「文妍！」

這個范文妍再熟悉不過的聲音，讓她眉頭一皺。

按耐住自己的腳步，范文妍沒有回頭，繼續緊跟在明哥身邊。

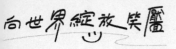

上了車，范文妍看著窗外的夜色，繁星點點。

她的內心，異常地激動。

「認識啊？」明哥的問題，讓她終於放下，壓在胸口的右手。

「對。」

「舊情人？」

「是初戀情人。」語畢，范文妍發現，她說話的雙唇，在顫抖。

二、等待

任堯，范文妍的初戀情人。

那時候，他們是高中同學。

情竇初開，相戀的好可愛。

當時的任堯與范文妍，家世背景，天差地遠。

范文妍家境富裕，上下學都有司機接送，家中還有保姆打點生活的一切。

而反觀任堯，家境清寒，是低收入戶。

最讓范文妍記憶猶新的就是，每當班上需要繳交費用的時候，任堯永遠都是最晚交錢的那一個。

總是要總務股長三催四請，拖到最後一刻，任堯才會繳費。

好幾次，范文妍開口向任堯說，她可以先幫他墊錢，任堯卻怎麼樣都不肯接受范文妍的幫忙。

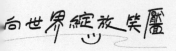

這麼天南地北的兩個人，竟然就相戀了。

高中二年級時，因為父親事業版圖的擴大，范文妍要舉家搬遷到美國去。

她永遠記得，當她向任堯說起這個消息，任堯的哀傷，全都寫在臉上。

但是，他卻強顏歡笑地告訴她，要好好吃飯、好好生活、好好讀書。

當時的范文妍，淚流滿面。

任堯擦去她的淚水，並且向她保證，他一定會努力，總有一天，會去美國找她。

而當范文妍開口向任堯說，她會等他時，任堯拒絕了。「不要等我，我不值得，如果有遇到對的人，那就是妳的幸福。」這句話，深深地烙印在范文妍的心中。

「Lisa 姐，Lisa 姐！」同事的呼喊，終於將范文妍給喚回現實生活。

「不好意思，有點累，沒注意。」范文妍剛跟明哥從歐洲度假回來，還在調整時差。

聽著會計向她一一稟報上個月的開支明細，范文妍卻突然發問：「你們說，那個警察，每天都來等我？」

這個問題，讓會計愣了一下之後，趕緊回答：「對，對，他每天晚上都會過來。」

「你們，沒有跟他說我出國了嗎？」

「有啊！Lisa姐，我們每天都跟他說妳出國了，請他不要再來，但是他就是不相信！」

聽完同事的抱怨，范文妍，笑了。

她的心裡頭，覺得暖呼呼的，像是有一群小矮人在歡欣鼓舞慶祝一般。

這樣的喜悅，范文妍已經好久沒有感受過。

「先生！就跟你說了！她不在！請你離開！」

「我是客人來消費！為什麼要我離開！你們開店是這樣做生意的嗎？」

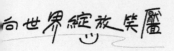

　　外頭傳來的騷動，讓范文妍望著門口問：「怎麼回事？」

　　這時，會計放下手中的筆，無奈的說：「妳剛剛問的那個人，來了。」

　　范文妍的表情先是驚訝，很快的，又轉為微笑。

　　不知道為什麼，一股甜甜的沉默，出現在她胸口。

　　被帶進包廂的任堯，終於安靜，不再吵鬧。

　　坐在沙發上的范文妍，看著站在眼前的任堯，這種熟悉又陌生的感受，讓她眼眶泛紅。

　　「坐。」

　　任堯跟著范文妍的指示，坐了下來。

　　「妳……」

　　不給任堯發話的機會，范文妍搶著說：「你怎麼會去當警察？」

「為了找妳。」任堯眼中的堅定，就跟當年的他一樣，不容別人質疑。

看著這個男人為她的付出，范文妍感動不已，在眼淚奪眶而出之前，她撇過頭去問他：「你，過的好嗎？」

「文妍，妳為什麼會在鋼琴酒吧上班！」

范文妍聽見了，但是她不想回答。

接著，任堯抓住了她的手。「走！我帶妳離開這裡！」

努力壓抑內心湧現的情緒，范文妍深吸一口氣之後，她抬起頭，盯著任堯的雙眼說：「我是明哥的人，哪裡我都去不了。」

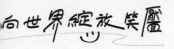

三、離開

　　任堯緩緩地坐了下來，輕輕地鬆開范文妍的手。

　　「到底發生了什麼事？」范文妍發現，任堯不敢看著她的雙眼。

　　一陣心痛與辛酸，淹沒了范文妍的情緒。

　　「你真的想知道？」

　　「文妍！我找了妳好久！問遍了我們所有的同學、朋友！沒有人知道妳的下落！」

　　范文妍心中心清楚，是她自己，要跟所有人斷了聯繫，最好是沒有人認出她，沒有人知道她是誰。

　　她就是想把自己的過去，通通抹滅。

　　本來不想再提起過去的范文妍，卻忍不住，跟任堯說了那些日子。

　　范文妍說著，搬到美國後，一切都好。

　　父親的生意蒸蒸日上，她也算是慢慢跟上學校的腳步，課業開始有了起色，也交了很多朋友。

　　但是，就在她大學開學的前一天。

　　當她跟室友吃完晚餐回到宿舍，發現父母親在她宿舍裡大聲地爭吵，完全沒發現她人就在門口。

　　當天晚上，她母親胡亂的幫她收拾行李，強拉著她離開宿舍，回到家裡。

　　那一晚，她躲在自己的房間裡，什麼都不敢問，什麼都不敢說，非常無助，也萬分恐懼。

　　隔天一大早，他們就來到機場，等她再次張開眼睛，她們母女倆，已經回到台灣。

　　「妳回來了？怎麼沒有告訴我！」任堯的追問，范文妍沒有回應，而是繼續說著。

　　回到台灣之後，她沒有繼續學業，跟著母親就住在外婆家。

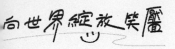

　　漸漸地，她發現，母親開始很常不回家，有時候是一天，最久是一個禮拜。

　　直到有一天，外婆告訴她，她的父母親離婚了，現在必需將她送到奶奶家。

　　在奶奶家待沒幾個月，她才知道，原來當時在美國，父親的合夥人捲款潛逃，把公司整個掏空，父親血本無歸。

　　不久後，她又得知父親離世的消息。

　　父親的喪禮，母親也沒有來參加。

　　喪禮結束後，她又被接到經濟狀況不是很好的大阿姨家去住。

　　為了養活自己，她選擇到夜店去當公關。

　　「為什麼？」任堯眉頭緊鎖看著她。

　　范文妍嘆了一口氣說：「經過這樣的顛沛流離，我才知道，只有錢最可靠，我要賺錢。」

　　後來，她在那間夜店認識了明哥。

　　「然後他就逼妳來這種地方上班！」任堯氣到拳頭緊握。

　　范文妍笑著回答他：「不是，他是把這整家店，都給我。」

　　「都給妳？放屁！他一定是不安好心眼！」

　　對於任堯這樣的反應，范文妍覺得他挺可愛的，也覺得挺窩心的。

　　「沒有，明哥知道我的遭遇，他是心疼我。」

　　「心疼？然後呢！還不是不安好心眼！」

　　范文妍又被任堯這樣的反應給逗笑了。「你錯了，明哥從來就沒有要求過我什麼。」

　　眼見范文妍不停地幫明哥說話，任堯也不再數落明哥。「好，那如果他真的那麼深明大義的話，妳離開這裡！」

　　范文妍搖搖頭。

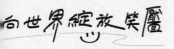

「為什麼？」

范文妍的不回答，讓任堯急起來了——「我，妳，文妍，跟我走。」

「你養得起我嗎？」說完，范文妍抬起頭，看著任堯。

她的眼中，有淚水。

四、擁抱

如果再多看任堯一秒鐘，范文妍的眼淚，一定潰堤。

她不喜歡任堯嗎？

不，她喜歡。

每每只要想到任堯，范文妍都會甜到笑出來。

任堯的溫暖，還是跟以前一樣。

只是，她已經不是從前的范文妍。

現在的她，涉入明哥的事業太深，她如果進入任堯的生活，會對他帶來很大的困擾。

她知道，她不能這樣做。

「文妍，我現在警察的薪水雖然不多，但是讓我們兩個生活，一定夠啊！」

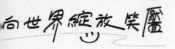

　　這時，任堯看見了范文妍眼中的淚水。「文妍！妳怎麼哭了！是不是那個人欺負妳！我現在就去找他說清楚！」

　　范文妍抓住已經起身的任堯──「不是，我沒事，你不要衝動。」

　　忿忿不平的任堯，再次坐回范文妍旁邊。

　　「我欠了一屁股債，你無法想像的。」

　　不給任堯發問，范文妍又開始說起過去。

　　當時她父親的公司被掏空之後，她父親想繼續撐下去，看能不能起死回生。

　　也因為如此，她父親去借了很多錢。

　　「銀行也有，地下錢莊也有，你能想到的借錢方式，他都試了。」語畢，范文妍苦笑。

　　當然，那時他父母親尚未離婚，所以，她父親也用她母親的名義，到處去籌錢周轉。

那麼龐大的金流，最後還是周轉不過來。

她父親破產之後，范文妍就背負起，幫母親還債的責任。

「那時候，每個月都被錢壓的喘不過氣，能過一天，算一天，然後我媽她，能躲，就躲。」

任堯安靜地聽著，不發一語。

「最後，是明哥幫我處理了這些錢，幫我度過難關。」

「妳怎麼可以相信他呢？」

范文妍笑著說：「在那種時候，我沒有選擇。」她的聲音裡，有點哽咽。

回想起那一切，范文妍難道不怕被騙嗎？

她怕！

她當然怕！

她害怕極了！

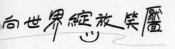

但是，她更想保護她母親。

那種看不見明天的日子，讓她無法選擇。

「幸好，明哥是真心對我好。」

這一次，任堯沒有頂嘴。

「他叫我離開夜店，然後把這家店給我管理。」

「他這樣就是在綁住妳！」

任堯說的，范文妍怎麼會不懂！「那你覺得，我要拒絕嗎？」

「這，這，唉，要是我早一點找到妳就好，是我不好。」

看著任堯眼裡的真誠，范文妍，笑了。

她開心的笑了。

他們倆都沒有人說話，靜默了好一會，任堯終於說：「文妍，如果妳真的選擇明哥，他又是真心對妳好，我，我會祝福你們。」

那暖暖的感動，立刻又浮上了范文妍心頭。「謝謝。」

任堯起身，準備離開，他長長的嘆了一口氣：「你們要結婚的時候，拜託讓我知道。」

范文妍張大了雙眼說：「不可能。」

任堯驚訝的轉過頭，范文妍冷靜地說：「明哥是有家室的人。」

「妳，妳怎麼……」

「我沒有要破壞他的家庭。」

「妳不求名分？」

「我這樣的人，能求什麼名分。」

下一秒，任堯衝上前去，緊緊的抱住范文妍，對她說：「我拜託妳，妳不要這樣委屈自己。」

他的哽咽，讓范文妍也跟著紅了眼哭。

她想回應任堯的擁抱，卻又沒有勇氣。

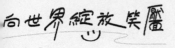

五、虧欠

這一夜，任堯與范文妍相談甚歡。

聊到學生時期的他們，兩個人哄堂大笑。

這樣的感覺，讓范文妍笑中帶淚。

她開心，實在是太開心了。

他們一路暢談到打烊，在店門口分開之際，任堯提議：「要不要一起去吃清粥小菜？」

范文妍笑著搖搖頭。

「那還是去吃麥味登？」

范文妍一樣笑著搖頭。

「還是……」不等任堯說完，范文妍打斷他──「明哥在家裡等我。」話音一落，任堯臉色一沉，安靜地走過范文妍的身邊。

這時，范文妍清楚的感受到，自己的胸口一沉，好像方才的快樂，猶如一場夢。

「回家小心。」

范文妍不敢望向任堯，輕聲地回應了他：「嗯，好。」說完，她挪動腳步，準備離開。

看著前方，朦朧的日出，照亮了街道，一片黃澄澄的。

微微的熱鬧生氣，開始在這個城市中升起。

大家一天的開始，卻是范文妍一天的結束。

思念，伴隨著腳步，越走越沉。

她多麼想回頭去看，看看任堯是否在身後看著她。

她多麼想，現在馬上轉身，去擁抱屬於她的那顆太陽。

范文妍的腳步跟上了她的想法，在不知不覺中，她竟然已經停下了自己的步伐。

就在她回頭的瞬間，一雙溫暖的手臂，從背後環抱住她。

一股暖流，貫穿了范文妍的全身，讓她熱淚盈眶。

「不要走。」

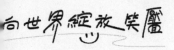

范文妍安靜地的站著，不為所動。

因為，她已經心煩意亂。

歷經那麼多的風風雨雨，看過那麼多的人心醜陋，體驗過那麼多的人情冷暖，范文妍知道，任堯是真心待她，也是真心心疼她。

那明哥呢？

明哥對她的付出，又算什麼？

范文妍心裡清楚得很，明哥對她，亦是真心真意。

明哥是發自內心的喜歡她、疼惜她、保護她。

她跟明哥之間，是戀人，也是朋友，更是家人。

明哥於她有恩。

她不能喜新厭舊。

但是，真要認真來說，任堯，才是舊人。

所以，誰是新？

誰是舊？

明哥跟任堯，誰重誰輕？

范文妍，已經分辨不清。

從前，靠近她的男人，多半是覬覦她的美色。

後來，會喜歡她的男人，一樣是看上她的外表。

再後來，會接近她的男人，幾乎都是因為想認識明哥。

明哥給了她極高的身分、地位，以及金錢支援。

這讓范文妍可以盡情地做自己，盡情地享受生活。

她不想放，也不能放。

因為，她的肩上，背負了太多家人的期待。

明哥不曾過問太多范文妍的生活，那是一種信任。

而范文妍也不曾過問太多明哥的一切，那是一種尊敬。

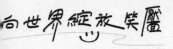

　　但是，明哥總是樂於跟范文妍分享一切。

　　「我們，真的不能重新來過嗎？」任堯的聲音，打斷了她的思緒。

　　日出的陽光，照在范文妍的臉上，曬乾了她眼眶裡的淚。

　　抬起頭，正面迎向那刺眼的光亮。

　　手機響了。

　　她知道，是明哥在擔心她。

　　「文妍，能不能，再給我一次機會？」

　　手機的來電斷了。

　　范文妍依舊沉默。

　　任堯走到了范文妍的面前，看著她。

在任堯眼中，范文妍看見了真誠。

「可以嗎？」

緊盯著任堯的雙眼，范文妍堅定地說：「任堯，我要回家了，明哥在家裡等我。」

下一秒，范文妍接起手機說：「在路上了，要不要幫你買早餐回去？還是我們去士林吃清粥小菜？」

電話那頭傳來了明哥的聲音，范文妍的胸口，一片糾結。

一股對明哥的虧欠感，朝她襲擊而來。

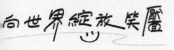

六、早餐

范文妍買了明哥最喜歡的燒餅油條，急急忙忙趕回家的她，就怕明哥一早餓壞肚子。

「明哥，不好意思，剛剛有點事情耽誤了，趕快來吃吧！」范文妍急匆匆的進門之後，趕緊在餐桌上張羅早餐，撲鼻而來的香味，讓她也跟著飢腸轆轆。

接著，傳來了明哥的腳步聲。

「快來吃吧，燒餅冷了就不好吃了。」

明哥在范文妍的身旁坐下，范文妍遞上已經插好吸管的豆漿，再把燒餅放到明哥面前。

他們倆個人的相處，就像是老夫老妻，像是家人一般。

忙著清掃燒餅掉下來的碎屑，看著明哥像個孩子一樣吃著燒餅，范文妍的臉上，露出了甜蜜的微笑。

「妳怎麼不吃？」

「我不餓。」

「跟那小伙子去吃過了？」話音一落，范文妍的動作靜止了，她低頭，不敢看向明哥，心臟跳動得厲害。

「才沒有。」

「去吃了什麼？」明哥這樣的追問，讓好心情的范文妍，升起了一把怒火。

下一秒，范文妍起身，自己坐到客廳沙發，打開電視，讓新聞的聲音蓋過自己的壞心情。

范文妍知道明哥是故意的，但是，她不懂明哥的目的是什麼。

難道說，明哥在吃醋？

只是，他們在一起那麼久，她從來沒見過明哥吃醋。

想到這裡，范文妍心裡覺得甜甜的。

明哥吃完早餐，坐到了范文妍身邊。「生氣了？」

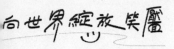

　　范文妍手握遙控器，繼續轉台，不回答。

　　「幫我倒杯咖啡好嗎？」范文妍賭氣的瞪了明哥一眼之後，起身去倒咖啡。

　　回到座位後，接過范文妍手中的咖啡，明哥帶點靦腆的說：「對不起。」這句話，讓范文妍驚訝到差一點就打翻咖啡。

　　「明，明哥，你別……」

　　不讓范文妍說完，明哥打斷她：「聽我說，前幾天，那小伙子來找我。」

　　范文妍不可置信的說：「任堯去找你？」

　　明哥的眼神依舊停留在電視畫面，點了點頭。

　　「他去找你幹嘛？」范文妍帶點好奇跟害怕的問。

　　「他求我，把妳還給他。」

　　范文妍驚訝地喊了出來：「什麼？」

　　明哥不理會她的驚訝，繼續說：「從那一天起，每天早上，我都會想，妳會不會突然有一天就再也不回家了。」

看著明哥泛紅的雙頰，范文妍心中的情緒非常複雜，有開心、有難過、有不捨。

這是她第一次，感受到明哥的愛。

范文妍鑽到明哥的懷裡，緊緊抱住他，她希望，時間能夠停留在這一秒。

這一秒，她深刻的感覺到自己被疼惜、被保護。

「你放心，我哪裡都不會去，只會一直在這裡陪你。」說完，明哥輕輕撫過她的秀髮。

范文妍轉過身，躺在明哥的大腿上，笑嘻嘻地看著他。

「看什麼？」

「看你可愛啊。」

「在說什麼啊妳……」明哥話都還沒說完，范文妍一個起身，雙手勾住明哥的脖子，給他深深的一個吻。

她喜歡他。

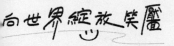

她也愛他。

這是一種內心最穩定的安全感，包圍著她。

她喜歡，這樣被在乎著。

七、改變

坐在一大片落地窗前，陽光灑落在范文妍身上，她的黑髮被照得閃閃發亮。

手機拿在她自己的手中，翻來覆去。

這個看似動態的靜態場景，已經維持了半個小時之久。

范文妍就是下不了決心，撥出電話。

她的內心在猶豫著，撥出電話之後，她該跟任堯說些什麼，談些什麼。

或許，她還捨不得放手，捨不得放開，那熟悉的戀愛感。

范文妍回頭看看自己身處的環境，諾大的客廳，高貴典雅的簡約設計，奢華的傢具，這一切的一切，都是明哥給她的。

其實，以她現在的經濟狀況，生活要多奢華，也就能有多奢華。

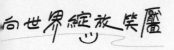

　　如果，她現在選擇任堯，離開明哥，那她就得全部都靠自己。

　　她不是辦不到，只是日子會過得比較辛苦。

　　想到這裡，范文妍眉頭一皺，思緒開始翻騰。

　　怎麼樣她都不想，再回到從前那艱苦的日子。

　　突然間，手中電話的鈴聲響起，將她的思緒拉回了現實。

　　低頭一看，來電者正是任堯。

　　看著螢幕中那熟悉的名字，范文妍遲遲沒有接起電話。

　　她在害怕什麼？緊張什麼？

　　她自己也不清楚。

　　或許，她只是怕，她一開口之後，就會斷了與任堯的聯絡。

　　下一秒，鈴聲戛然而止。

緊接著，訊息便跳了出來：「在忙嗎？」

不想點開，不想已讀。

范文妍緊盯著那幾個字的溫暖。

她內心的天人交戰，如何面對。

范文妍心想，算了，今天沒有心情處理這件事，過幾天再說吧。

放下手機，范文妍決定出去逛逛，買買東西，轉換一下心情。

大肆的採購完畢之後，范文妍換上一身的新行頭，開心的前往店裡。

她人都還沒抵達店門口，就聽見爭吵的聲音，遠方警車的閃爍燈光，染紅了她的雙眼。

「發生什麼事？」范文妍小跑步來到門口，她的眼尾餘光，看見任堯俐落的下了警車。

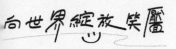

「Lisa 姐，不是什麼大事，就是客人喝醉在那邊發酒瘋叫囂。」

越過爭吵的人群，范文妍故意不看向任堯，但是她清楚的知道，任堯一直望向她的方向。

進到辦公室之後，范文妍發現外頭的爭吵聲越來越大聲，似乎，她還聽見了任堯的聲音。

壓抑不了好奇心，范文妍離開辦公室，來到酒吧大廳。

「叫你們負責的人出來，跟我們回去做個筆錄。」任堯的聲音，讓范文妍停下了腳步。

一直以來，黑白兩道都知道，這是明哥的店，不會有人來找麻煩，任堯這樣的作法，讓范文妍摸不著頭緒。

「警官，不好意思，我們負責人現在不在。」

「不在？那剛剛走進去那個，不是你們老闆娘嗎？」任堯這句話，讓范文妍知道了他的來意。

「警官，你誤會了，Lisa 姐她……」

　　「任警官，你找我嗎？」范文妍抬頭挺胸走向大廳，她的高跟鞋，輕盈的敲擊著地面，來到任堯的面前。

　　范文妍看著任堯，低聲地說：「為什麼這麼做？」

　　任堯立刻接話：「因為妳不接我電話。」

　　范文妍深深地吸了一口氣，從前她所認識的任堯，不會做出這樣魯莽的舉動。

　　他變了。

　　不對。

　　是她自己也變了。

　　是他們倆個，都變了。

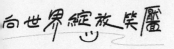

八、求婚

凌晨兩點半的清粥小菜店面，店裡熱鬧的人潮，與外頭漆黑的夜色猶如兩個世界。

坐在范文妍對面的任堯，大口吃粥、大口吃菜。

看著眼前的他，范文妍不知道該如何開口。

「文妍，妳不吃啊？」任堯抬頭看了范文妍一眼。

「為什麼要這樣？」

任堯放下筷子，擦了擦嘴，盯著眼前的范文妍說：「為什麼不接我電話？」

范文妍從沒見過，任堯這般銳利的眼神。

空氣凝結在他們之間，周圍的所有吵雜聲，都與他們無關。

「你以前不是這種人，你……」

范文妍都還沒說完，任堯馬上打斷她：「妳以前也不是這種人！」

令人不安的陌生感，在范文妍心中升起。

「我去找過他了。」

范文妍知道任堯所說的他，就是明哥，她選擇沉默，不做出任何回應。

任堯微微抬起頭，看了范文妍一眼後繼續說：「他說他從來就沒有綁住妳，他說他從來就沒有限制過妳任何自由，他也說，他從來就不覺得妳專屬於他！」

范文妍依舊沉默不語，因為她想聽聽看，任堯到底想說什麼。

看見了范文妍的安靜，任堯情緒越發地激動起來！「所以呢？所以妳說！妳說這代表什麼！」

范文妍的眼眶裡，開始湧出淚水。

「這代表妳根本就不想回到我身邊！」任堯的音量，讓周圍的許多人，都望向了他們。

壓抑住內心的波濤洶湧，范文妍冷冷地說：「我要走了。」她的聲音裡，有顫抖。

任堯冷笑一聲：「又是他在家裡等妳，是嗎？」

這般嘲諷，讓范文妍心裡很不舒服。

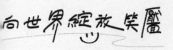

　　拿起包包，范文妍起身就要離開，才走沒兩步，任堯從她身後抓住了她的手。

　　范文妍沒有回頭地說：「放開我。」

　　「文妍妳說，要怎麼樣妳才會願意回頭？」

　　范文妍用力想要甩開任堯，這一用力，卻讓任堯將她抓得更緊。

　　「任堯！你弄痛我了！」

　　范文妍的困境，引起了一旁用餐的客人的注意。

　　一個年輕小伙子起身，對著任堯說：「先生，這位小姐看起來很不舒服，請你放開她。」

　　任堯轉過頭去，狠狠地瞪向他道：「這是我跟她之間的事。」

　　「老闆娘！報警啦！」

　　「報什麼警！我就是警察！」在引起更大騷動之前，范文妍抓著任堯，跑出了這家清粥小菜店。

　　看著月色，范文妍輕晃著鞦韆。

「對，對不起，我，我真的不知道怎麼了？剛才才會……」

「我跟明哥要結婚了。」

「蛤！什！什麼？結婚？妳，妳不是說他……」

停下鞦韆的晃動，范文妍看著任堯，堅定地說：「我們要到美國結婚。」

「美，美國？」

范文妍跟任堯說，早在她拒絕任堯的那個早晨，明哥在吃完早餐之後，向她求婚。

明哥打算要跟他太太離婚，但是范文妍勸他，要給小孩們一個完整的家，她不求名分，只希望能長伴在他身邊。

於是，明哥決定，要跟她在美國結婚，接著把美國的所有事業都交給范文妍打理。

聽完這段敘述，任堯顫抖地說：「這，是妳想要的嗎？」

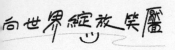

　　范文妍微笑著回應任堯，「你說過，如果我遇見了我的幸福，你會祝福我，現在，你可以祝福我了。」

　　范文妍的笑臉裡，確實有幸福的味道，卻也帶著哀傷。

　　「好，我祝妳幸福。」說完，任堯起身，伸展一下筋骨後，他用背影說：「美國太遠了，我就不到場了，但是，如果妳遇到困難，隨時找我。」

　　「嗯。」

　　任堯用背影揮揮手，當他開始起步，月色將他的背影，拉得越來越長。

　　當任堯終於走遠，一直忍住不哭的范文妍，終於哭了出來。

　　因為，只有她自己才知道，明哥根本沒有向她求婚，她只是答應接手明哥美國的部分事業。

　　她會這麼跟任堯說，只是希望任堯，能對她完全絕望。

今晚的夜色好涼冷，就跟范文妍的心情一樣。

最終，他們倆。

又再次消失在彼此的生命裡。

（全文完）

向世界綻放笑靨

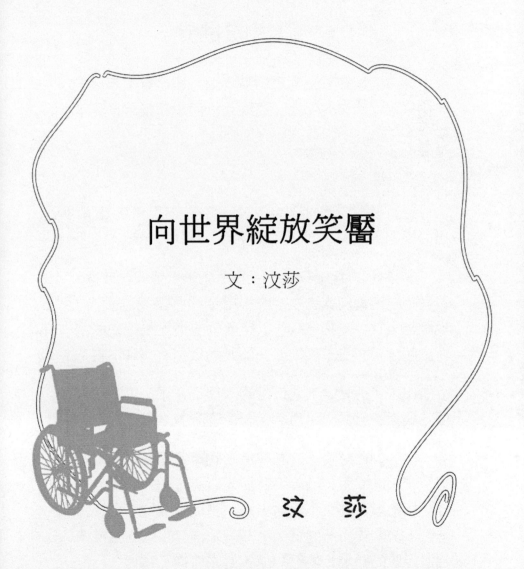

向世界綻放笑靨

文：汶莎

汶　莎

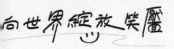

一、孤寂的世界

冰冷的鏗鏘聲及沉重的腳步聲，響徹整個牢房，充滿嚴肅又冷淡的女聲一邊說著一邊拿起鑰匙打開牢房門。

「立靖伶，出來。」

聽見獄警叫著自己的名字，沒有任何思考與言語，猶如機器人般，一舉一動都按著獄警的指示動作。

「編號 2647 立靖伶，因服刑滿十年獲假釋機會，奉還入獄時期的衣物及些許零用金，以更生人之身分，期許融入社會重獲新生。」獄警的宣讀並未讓她的內心掀起漣漪，也未讓她對於外頭的自由有些許期待。

出去了能幹嘛？我最愛的人都不在了，只剩我一個人獨活在世界上，活著又有什麼意義？

內心如此感嘆著的立靖伶，脫掉獄服換上剛從獄警那交來的衣服，隨手將錢插入口袋，一步一步的緩行走出監獄。許久不見的陽光，刺眼地讓她不自覺低下頭，被曬得出汗的背頸，寫著她漫無目的、猶如喪屍遊走般的路上，她不知道該何去何從，這世上已沒有值得她留念的人了，也沒有可以回去的家，她想一

股腦兒衝入車陣，但卻又怕造成對他人的困擾；又想著找一處較高的樓，惦腳一躍，隨著地心引力的牽引，直直落地，可她又怕萬一死不成又得痛個好幾天；此時，她走入便利商店，看著冰櫃上琳瑯滿目的酒。

或許，把自己灌得爛醉，沉浸在酒精帶來的快感離世也是不錯⋯⋯

若再加個海洛因或是什麼的，是不是更帶勁？

立靖伶拿起購物籃瘋狂的將架上的酒掃入籃中，攢著口袋裡的鈔票，草草結了帳，一個人蹲坐在路邊，開始豪飲了起來。從前就滴酒不沾的她，在幾杯黃湯下肚後，便面紅耳赤，開始陷入意識不清的迷離狀態。此時的她想起了過往種種，不禁悲痛的大哭，引起不少路人的圍觀。這時，一名身穿粉紅制服的外送員出聲詢問。

「喂⋯⋯小姐⋯⋯你還好嗎？」

擒著眼淚看著眼前坐著輪椅的外送員，立靖伶打了一個嗝後，便發出嘔吐的聲音，穢物頓時沾滿身，接著便昏睡過去，圍觀的路人見著此狀，紛紛做鳥獸散，唯獨那位外送員，不畏骯髒與酸臭味，順手拿起

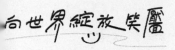

掛在輪椅扶手的毛巾，簡單清理立靖伶身上的穢物，便叫了台計程車欲送她回家。

外送員拍了拍立靖臉嫣紅的臉龐「喂……小姐！小姐！你家在哪裡？我幫你叫計程車回去。」

立靖伶睜開迷矇的雙眼，含在眼眶中的淚水又再度滑落。

「我……我沒有家……我無處可去……」

外送員看著立靖伶也不知道該如何是好，要再向她多問一些相關訊息時，立靖伶又再度昏了過去，怎麼叫也叫不醒，外送員不由得嘆了口氣。

「唉……只好先帶回家等她酒醒後再說了。」

待計程車到達指定目的地後，外送員請司機下車協助將立靖伶和他的輪椅一同搬到車上，隨著跳表計費的電子數字計程也駛到了外送員的家。

在司機求好心切的幫助下，順利將立靖伶抬上家裡，外送員將立靖伶安置在沙發上後，看著桌上的全家福照片，露出了會心一笑。

＊　＊　＊

　　輕揚的歌唱聲在耳邊愉悅的響起，房善和開著車，不時望著副駕駛座那令他深深著迷的女主人，透過後照鏡，隨著歌唱聲在安全座椅上手足舞蹈的小女兒，一家和樂融融的模樣，讓房善和十分滿意自己現在的生活，不枉他連日加班，好不容易才騰出三天連假，可以帶著一家人去日月潭渡假。

　　抵達事前已在網站上預定好的旅館，最開心的就屬那活蹦亂跳的小女兒，他一手抱著最心愛的鯊魚，一手牽著房善和的手，吆著奶音說道。

　　「拔拔～我們今天要住哪間房？」

　　「你猜猜看是哪一間？」滿溢的父愛在房善和的臉上表露無遺。

　　一進旅館就做好 check-in 的房善和，在服務人員的指示下，一家人順利搭上旅館的電梯，這時小女兒又提出問題。

　　「拔拔～我們要去哪裡？」

　　房善和笑了笑；「等等你就知道了～」

　　隨著電梯到達 20 樓發出「叮！」的一聲，一家人走出電梯，房善和放開那稚嫩的小手。

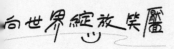

　　「蕾蕾，找找看我們今天要去住哪間房？」

　　蕾蕾開心地一手抱著鯊魚，一手拿著剛從房善和那得到的房間鑰匙，看著鑰匙上面的號碼，蕾蕾聚精會神的一間一間慢慢地找，這時他看到一扇藍色的大門，再三確認房門上的號碼和鑰匙上的是否一致，在後頭的房善和與林茗茜，看著蕾蕾的可愛模樣，都不禁拿起手機記錄下眼前的一刻。

　　這時蕾蕾高興的轉頭向房善和與林茗茜揮揮手。

　　「拔拔、麻麻，我找到了！今天我們要住這裡！」

　　待房善和與林茗茜走到房門口，看了看房號，便蹲下身摸摸蕾蕾的頭。

　　「蕾蕾好棒喔！麻麻怎麼會有這麼聰明的女兒呢！」

　　房善和則抱起蕾蕾說：「蕾蕾真厲害，那就交給你開門囉！」

　　正當房善和握住蕾蕾抓住鑰匙的手，要往房鎖插入時，蕾蕾突然大喊！

　　「拔拔！你忘了敲三下！」

房善和驚了一下,「啊!對耶,那給蕾蕾敲。」

像是被賦予了偉大使命的蕾蕾,放開鑰匙用力的在門上敲三下,然後房善和便轉開房鎖,一家人進入了房間。

這是房善和在網路上找了許久的海洋套房,房間以藍色為基底,還繪上許多海底生物,這對喜愛魚的蕾蕾而言更是興奮,一進房便大聲尖叫。

「啊!!!是魚魚!是魚魚!還有鯊鯊!」

蕾蕾迫不及待的從房善和的懷裡跳下,在房間四處跑著。

房善和怕吵到隔壁房客,趕緊將房門關起,林茗茜則是放下行李,開始整理。

開了近半天的車程,房善和累到坐躺在床上,不知不覺的睡著了,等他再次醒來,看上去的天花板已不是旅館的天花板,而是他的租屋處。

回想起當時的美好,房善和仍不禁落下了淚水。

「蕾蕾……茜茜……我好想你們……」

＊　＊　＊

　　不知是外面微亮的斜陽抑或是掩不住的啜泣聲，吵醒了躺在一旁沙發的立靖伶，劇烈的頭疼讓他忍不住用手抵著太陽穴，才能舒緩，察覺到立靖伶醒來的房善和，擦掉了臉上的淚水，慢慢從床上爬起，將自己的身體和腳移到放在床邊的輪椅。待坐上輪椅後，房善和用手推著兩旁的輪子，緩緩往客廳移動。

　　「你醒啦？」

　　忽然的一道男聲，打醒了頭痛欲裂的立婧伶，她睜大了眼看著眼前的男人，又慌忙的環顧四周，陌生的環境讓她打了個哆嗦。

　　「這⋯⋯這裡是哪裡？你又是誰？我怎麼會在這裡？」

　　面對一連串的問題，房善和移動至餐桌旁倒了杯水，遞給了立婧伶。

　　「我叫房善和，你昨晚醉倒在路邊吐了滿身，原本叫了計程車要送你回家，但你卻說你沒有家，一時也叫不醒你，我只好無奈的將你帶來我家。」

　　立婧伶一聽，看了看自己身上的衣服，還好沒被脫，但外套卻不見了，他看著房善和示意著外套的去向，房善和幽幽說道。

「你在找外套嗎？好在你是吐在外套上，免得我還要幫你換衣服，現在外套在洗衣機裡，待會我拿去烘乾後你就可以穿了。」

立婧伶呆愣呆愣地點了點頭說了聲「謝謝」，掬起了手上的杯子，將裡頭的純淨水一飲而盡。

「那你接下來有什麼打算？」

房善和冷不防的一句話，將立婧伶拉回了現實，立婧伶根本也不知道自己該何去何從，只能沉默不語。看著立婧伶不發一語的樣子，房善和嘆了口氣。

「好吧，那你叫什麼名字？」

立婧伶緩緩開口回答：「立婧伶⋯」

「姓立呀⋯⋯好少見的姓氏。」

房善和話音一落，整間屋子又再度陷入了寧靜，房善和眼看對話無法成立，只好抓了抓頭，將輪椅轉向，前往浴室盥洗，而立靖伶則是躺回沙發上，放棄任何思考，將頭埋進毯子裡。

待房善和盥洗完畢後，看著又窩在沙發上的立婧伶，搖了搖頭。

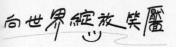

「立小姐，我是不曉得你發生了什麼事情，但現在我要出門送外送了，你現在打算怎麼辦？」

「……」

「喂～～人還活著嗎？」

「……」

見立靖伶完全不回話，埋首在沙發中，房善和無奈的嘆了口氣，從客廳電視櫃下取出一把備份鑰匙放在桌上。

「我把鑰匙放在這裡，我不在家的這段時間三餐你自己解決，我先說我家沒什麼好偷的，沒存摺沒金庫，家裡的東西都是二手撿來的，值沒多少錢，出門記得上鎖。」

房善和交待完後，看著仍沒反應的立靖伶，拿起玄關的外送背包便出門了。立靖伶聽見關門聲後，起身看了眼放在桌上的鑰匙，以及被關上的大門，又躺回沙發上。

「頭……好痛……」

咕噥了一聲，眼皮也隨之沉重，立靖伶望著那陌生的天花板，再度沉沉睡去。

二、生命的韌性

房善和熟練的將輪椅裝上電動車頭，外送背包掛在椅背，打開手機滑著屏幕，接單的聲音開啟了他一日忙碌的生活。

這附近的市場、夜市、美食街，無人不知房善和這號人物，即便殘缺了兩條腿，也不願接受他人援助，只想靠著自己在這個殘酷的社會繼續生存下去，這份志氣的背後隱藏著無人知曉的過去。而他本人也未曾對外人提過，即便有人問起，他也只是笑笑的回道：「沒什麼，走路跌倒而已。」一邊說著一邊撫摸著左手無名指上的戒指，在他心中漾起的心酸苦楚，是他與家人的約定。

臺灣最美的風景是人，所言不假，即便房善和避而不談他的過去，也不願接受他人的援助，大家仍是會默默的支持他、幫助他。

「嘿！阿和你來了啦？等我一下喔，你的單前面還要再等三個。」賣肉羹的大胖招呼著，而房善和則笑笑的回道：「沒關係，別急！」

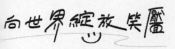

　　話畢，便將輪椅停好，看著眼前的市場百態，一邊轉著左手無名指上的戒指，突然陷入回憶，回想起一家三口在市場逛街的模樣，不論做外送做了多久，仍不時的會像這樣想起那些過往的美好。房善和嗤笑一聲，在內心嘲笑著自己的執念。

　　「都過去了……有什麼好放不下的？再怎麼想……蕾蕾也不會再叫我爸爸，茜茜也不會再挽著我的手衝著我笑……」

　　這時大胖的叫喊聲將房善和飛散的元神給喚了回來。

　　「喂！阿和！你的單好了！」

　　隨著大胖體貼的走出攤子將餐點放入房善和輪椅後面的外送袋，仔細的拉上拉鏈，大胖隨口說道。

　　「剛剛你在恍什麼神啊？叫你都沒回應，是在想什麼？」

　　房善和一掃剛剛的陰霾，努力的擠出微笑。

　　「沒啦，就昨天撿到了一隻貓，放在家裡，不知道怎麼樣了……」

大胖驚了一下，「哎唷，去哪撿的呀？貓兇不兇？我去拿些貓飼料給你帶回去。」

眼見大胖轉身就要回去，房善和趕緊叫住他。

「不用！不用了！我昨天已經買好飼料給他吃了，現在不知道他有吃了沒。」

大胖一聽便回過頭來：「有飼料就好，反正放著肚子餓牠自然就會吃了，貓咪剛到新環境都會緊張的躲起來，你要有耐心慢慢的陪伴牠，久了就會與你親近的。」

聽著大胖說著貓經，房善和笑道。

「只要說起貓你就聊得特別起勁……」

大胖笑著說：「呵呵呵，當然，我可是最稱職的鏟屎官呢！如果你……」

「好了！好了，改天再聽你說，我得趕緊去送外送了，你趕緊去做生意吧！客人都排到隔壁去了。」

大胖望了一下攤子，神情顯的有些緊張。「哎唷，你看看我，我先忙去了，你自己小心啊！掰掰！」

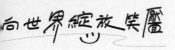

　　看著大胖兩步併成一步的跑回攤上，房善和熟練的駛出市場，依著手機上的地圖前往外送地點。

　　隨著接單的數量增加，太陽西沉的速度也愈發加快，有些擔心立靖伶狀況的房善和，決定今天提早結束，想著她應該晚餐還未吃，便簡單買了些滷肉飯回家，打開房門後見漆黑一片，以為立靖伶已回家，開燈之後發現沙發上綣縮著的人體，房善和撇了一眼放在桌上未動的鑰匙，驚訝的說道。

　　「妳該不會在這裡窩了一整天什麼東西都沒吃吧？」

　　聽見房善和回來的聲音，立靖伶才慵懶的從沙發上爬起，看著眼前桌上的食物，立靖伶一聞就有一股噁心感襲來，她乾嘔了幾聲，嚇到了房善和。他連忙為她斟了一杯水，立靖伶接過杯子，喝了一口，順了順喉嚨後便將杯子還給了房善和，然後又窩回沙發。

　　看著立靖伶不發一語的樣子，房善和開口說道。

　　「立小姐，你一直窩在沙發上不吃也不喝的，這樣子也不好吧？」

立靖伶仍以沉默應對，房善和繼續說道。

「立小姐，我在跟你說話，你聽見了沒有？不回應對方的話是很沒禮貌的行為！」

立靖伶有些慍火，掀開被子從沙發上猛然起身。

「你到底有完沒完？我不知道我該去哪裡，我什麼都沒了！我爸我媽都死了！連唯一的妹妹我也不知道去哪了！你要我怎麼辦？我……要怎辦……嗚……嗚……」

立靖伶大吼完，不禁悲中從來，掩面大哭，房善和被立靖伶突如其來的舉動驚了一下，隨即拿起一旁的衛生紙，遞給了她。

「我懂你的感受，因為……我老婆和小孩也都走了……」

立靖伶接過衛生紙後，止住了哭泣，看著眼前的房善和苦笑的神情，這時才知道原來眼前這位行動不便的男人有個跟他相似的過往。

「你……叫什麼名字？」

立靖伶吸了吸鼻頭，出聲詢問，房善和見她情緒有些緩和，便淡淡的說道。

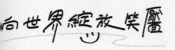

「房善和，看年紀你應該比我小，你可以叫我阿和哥。」

見立靖伶沒接話，房善和繼續說道。

「那……桌上的食物你肚子餓的話可以吃，我就回房間了，客廳就讓給你用了。」

「謝……謝……」

立靖伶微弱的擠出幾個字，表達心中的謝意，房善和滿意的笑了笑，便滑著輪椅回到了房間。

在吃完飯後稍作休息的房善和，不知是因為工作太累亦或是吃飽眼皮重，房善和將身體移到床上，拿起一旁桌上的全家福合照，看著照片上的老婆和女兒，房善和露出了溫暖的微笑，抱著照片閤上雙眼，漸漸的沉入夢鄉。

＊　＊　＊

鈴～～鈴～～鈴～～警鈴突然大肆作響，嚇得蕾蕾趕緊跑到房善和跟前將他搖醒。

「拔拔……拔拔……你快起來……你起來……」

被女兒的呼喚聲叫醒的房善和坐起身來，打了個哈欠，不忘摸摸蕾蕾的頭，安撫著說道。

「怎麼了？」

蕾蕾爬上房善和的胸前，緊緊的抱住說道：「怕怕！那個好大聲。」

房善和聽到女兒這麼說，馬上回過神來，探詢聲音的來源，一邊呼喚著妻子。

「茜茜，怎麼了？突然警鈴大叫？」

剛洗好臉的林茗茜從浴室走了出來，順手打開房門看了看四周，空無一人的走廊回響著偌大的鈴聲，林茗茜查看並無異樣後便關上的房門。

「不知道耶，看外面也都沒人，也沒有像是火災的跡象，可能是誰誤觸了警鈴吧……」

聽到林茗茜這麼說，房善和也安心了下來，急忙安撫著蕾蕾。

「蕾蕾別怕～有拔拔在，沒事的！」

蕾蕾摀著耳朵大叫：「好吵！好大聲！蕾蕾不喜歡！」

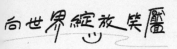

也是，警鈴這樣一直響下去也不是辦法，於是房善和拿起房間電話按下櫃台的服務專線，響了很久都沒人接，房善和覺得有些怪異，於是便起身將蕾蕾抱起，交給林茗茜。

「你們待在房裡，我去樓下櫃台請他們把警鈴關掉。」

林茗茜接過蕾蕾順口回道：「好！」

房善和走出房門，沿著走廊到達了梯廳，按了幾下電梯按鈕，都沒有反應。

「不會吧！這是什麼四星級飯店，電梯兩台都壞了是怎麼回事？等等要跟櫃台反應。」

無奈的房善和只好走梯廳旁的避難樓梯，一層一層的走下去，這時傳來的燒焦味隨著他每抵一層就愈發刺鼻，房善和皺起眉頭驚覺不妙。

「該不會真的發生火災了？」

房善和懷揣著不安的心情，繼續下樓，這時在 10 樓的中間層飄來淡淡的煙霧，燒焦味更是濃烈地讓房善和不禁拿起衣領遮住口鼻。

「不行！看來真的是發生火災了！我得趕緊上樓帶茜茜他們逃生！」

正當房善和要轉身上樓的同時，一群身著消防衣的男人從樓梯上來。

「這裡還有人！快！」

還未摸清楚頭緒的房善和，一把就被消防員抓住，並套上防煙面罩，消防員口氣緊急的詢問。

「上面還有人嗎？」

房善和點了點頭，然後說：「有！我太太和我女兒還在 20 樓的 205 房。」

消防員又接著問：「還有其他人嗎？」

房善和搖了搖頭：「不知道，我太太說當他聽到警鈴響的時候，走廊都沒人。」

消防員了解了情況，馬上用對講機傳達訊息及指令，並要求一旁的消防員先將房善和帶下樓，房善和突然掙扎道。

「我也要一起去！」

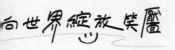

面對眼前危急情況的消防員，這時有些失去耐性，大聲喝道。

「你去能幹嘛？只會礙手礙腳！快給我滾下去！」

＊＊＊

房善和被突然的喝止，腦子瞬間清醒坐起身子，大口喘著氣的同時，還看了看四周，發覺這一切都只是夢，便鬆了口氣。

這時房門傳來敲門聲，接下來「嘎～」的一聲，房門被立靖伶給推開。

「那……那個……我剛剛有聽到很大聲的慘叫聲……」

望著驚甫未定的房善和，立靖伶有些嚇到，接著說。

「你…你還好嗎？」

面對立靖伶的關心，房善和深吸口氣笑著說道。

「沒事……沒事……做了個惡夢而已……」

　　說到惡夢，立靖伶想起她在牢獄中的日子，也是惡夢纏身，夜不成寐，他很懂房善和的心情，於是慢慢走進到房善和的房間，坐在床沿。

　　「我也常常做惡夢……夢到我為了保護妹妹將父母都殺了……」

　　聽到立靖伶突如其來的真誠告白，房善和先是驚了一下，而後隨之又沉穩的說道。

　　「那都只是夢而已……」

　　但立靖伶卻馬上否決了房善和的安慰。

　　「不……這不是夢……這是真的……我……我在13歲那年，殺了我的父母。」

　　面對立靖伶的自白，房善和感到震驚，沒想到自己竟然帶了個殺人犯回家，但看著立靖伶的行為舉止，房善和卻一點也不懼怕她，反而輕聲道。

　　「你應該很辛苦吧……要保護妹妹……不得不這樣做……」

　　房善和溫和平穩的語氣，傳到立靖伶的心裡，浸濕了她的雙眼，豆大的淚珠隨著立靖伶好強的雙眼，不爭氣的落了下來。看著眼前哭成淚人兒的立靖伶，

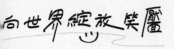

房善和輕輕的拍了拍他的肩膀，立靖伶一個順勢滑進他的懷裡，揪著他的衣服邊哭邊道。

「我……我……我也不想要殺了他們……但……不這樣做……芯芯就要被賣掉了……」

「賣掉？」房善和沒想到現在竟然還有人口販子，不禁驚呼一聲。立靖伶緩了緩心情繼續說道。

「我爸媽……或許應該叫他們人渣，沒錢買毒品，就把心思動到芯芯和我的身上，想要把我們一起賣給地下酒家，所以……我趁著他們還在昏迷的時候，拿起廚房的菜刀往他們的胸口猛刺，等我回過神來……雙手已沾滿了鮮血。」

從胸口傳來的是雙手不停顫動的激動，房善和溫柔的輕撫著立靖伶的頭，立靖伶從房善和的手中感受到傳來的溫暖，讓她有力量繼續往下說。

「我帶著芯芯一路往外跑，不知道跑了多久，我聽到了警車的聲音，接著一群警察將我們圍住，把我跟芯芯拉開……我不停的哭喊著，然後就失去意識了，等我醒來已經是在牢房裡了，至此之後我就再也沒見到芯芯……」

聽著立靖伶悲慘的遭遇，房善和有些心疼，輕聲說道：

「只要還活著，就會有希望，你可以暫住在我這邊沒關係，芯芯……你妹妹可以慢慢找，總有一天會找到的。」

立靖伶搖了搖頭，憶著說：「我被關了 15 年……這裡的世界跟我當初認識的已經不一樣了……你要我從何找起？」

房善和想了想提議道：「不然……從明天開始你就跟著我一起去外送吧！我們可以繞著市區打聽你妹妹的線索，你覺得如何？」

對於房善和的提議，立靖伶有點詫異，忽地從房善和的懷裡跳起。

「真的嗎？你……你願意幫我一起找芯芯的下落？」

房善和張起微笑說道：「多一個人幫忙，也就多一點希望不是嗎？」

立靖伶突然覺得眼前這個男人的笑容好迷人，不知是因為在汪洋中好不容易抓到一根浮木的關係，抑

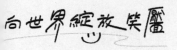

或是英雄救美的吊橋效應，讓立靖伶的心中漾起一股從未有過的暖流。

「我⋯⋯我今晚可以睡你旁邊嗎？」

面對立靖伶大膽的提議，房善和嚇得後退與立靖伶拉開距離，用僵硬的笑容委婉拒絕道。

「呃⋯⋯立小姐⋯⋯這樣不太好⋯⋯你還是睡沙發吧⋯⋯」

立靖伶見未果，隨即露出笑容——「跟你開玩笑的！」

說完後便像是調皮的孩子，起身走出房門，關門前仍不忘說道：

「謝謝你⋯⋯晚安。」

這是房善和第一次看到立靖伶的笑顏，這讓他想起了自己的妻子林茗茜。

「真像⋯⋯茜茜⋯⋯我撿到了一個笑起來跟你好像的野貓⋯⋯」

房善和一邊喃喃說著，一邊臥回塌上，想著剛剛的笑容，又再度陷入了夢鄉。

三、生命的曲折

「你拿的是什麼？」

房善和望向大著肚子、躺在床上的林茗茜問道。

林茗茜撫著肚子笑著說道。

「沒啦……就只是一張相片而已。」

房善和看著林茗茜手中被撕了一半的相片，林茗茜似乎感受到房善和的視線充滿了好奇，林茗茜支起身子撫著肚子繼續說道。

「你知道我現在的爸媽不是我親生父母吧！在我10歲那年就被送到社福機構安置前，我有一對糟糕的父母和一個愛護我的姐姐，我們感情很好，所以即使在那樣艱困的環境中，我仍是可以無憂無慮的笑著。」

房善和聽著聽著也順手撫上林茗茜的肚子說道：「那你姐姐去哪了呢？」

林茗茜搖了搖頭，一臉茫然地說：「我也不知道……連我為什麼會出現在社福機構裡我也不曉得，只記得當時我在寫功課……然後……然後……後面發生什麼事我就想不起來了。」

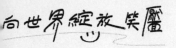

看著林茗茜扶著額一臉痛苦的模樣，房善和隨即撫摸她的頭安慰道：

「想不起來就別想了，別忘了你現在可是『兩個人』，我可不希望我的寶貝女兒生出來還像你現在一樣皺著眉頭醜醜的樣子。」

房善和扮著鬼臉的幼稚模樣讓林茗茜不禁笑出聲。

「好啦……不想了……總之，這張照片是唯一我和姐姐的連結，帶著它在身邊就像姐姐在陪著我一樣，讓我覺得安心。」

房善和伸手將林茗茜手中的相片接過來看，是一個笑起來很可愛的短髮女孩，背景是在一間燒臘店門口。

房善和將照片歸還給林茗茜。「好好保存它吧！總有一天你們能相會的。」

＊　＊　＊

躺在床上的房善和一下子睜開了眼，看著那熟悉不過的天花板。

「茜茜……我又夢到了我們的過去……那時的你還懷著蕾蕾……真想回到那個時候……」

徘徊在夢鄉餘韻的房善和捨不得起床，彷彿他一旦起身，就會失去這一切，但現實的鬧鈴卻不允許他再繼續沉溺，硬生生地將他從床上拔起。房善和拍了拍自己的臉，看著因火災而失去的雙腿，苦笑著撐起身子移到輪椅上，一路滑向客廳。見立靖伶已整理好儀容站在沙發前，房善和突地愣了一下，立靖伶笑著說。

「怎麼了？還沒睡醒？」

原本披頭散髮毫無生氣的女子，整理好儀容後乾淨整齊的樣子，像極了林茗茜，讓房善和以為自己的夢尚未清醒，不敢置信的揉了揉眼，定睛一瞧，才曉得原來都是場誤會。

房善和又再度苦笑搖了搖頭。「沒事，走吧！」

立靖伶跟在房善和的後頭，騎著腳踏車陪著他一起外送，兩人先從立靖伶小時候住的街區開始找起，房善和向店家打聽，而立靖人則逢人便問芯芯的下落。一整日下來，兩人毫無斬獲，這讓立靖伶的心情盪到了谷底。

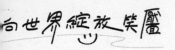

　　房善和安慰道：「沒關係，才第一天而已，慢慢來，別急。」

　　面對房善和的安慰，立靖伶又重新打起精神。

　　「好！明天繼續努力！」

　　這時房善和的眼角餘光看到立靖伶手上的照片，便出聲詢問。

　　「那是……你妹妹的照片嗎？」

　　立靖伶看向方善和手指的方向，便將手上的照片抱在懷裡。

　　「對啊……這是芯芯的照片，我在獄中感到寂寞、難過的時候就會拿出來看，彷彿芯芯就在我身邊陪伴著我。」

　　房善和聽立靖伶溫柔的說著，內心忽然隱約刺痛了一下，似曾相似的話語讓他不禁心生猜疑。為證實內心的猜測，房善和向立靖伶要來手中的照片一看，當房善和看到照片上的長髮小女孩，突然大驚失色，拿著照片的手不停的顫抖著。

　　察覺到異樣的立靖伶彎腰看著房善和。

「怎麼了嗎？難道你認識芯芯？」

面對立靖伶的質問，房善和不知道該如何跟他開口說明，的確，他認識這個小女孩，就算化成灰他都認得。

看著房善和表情扭曲的模樣，立靖伶更加確定房善和肯定認識芯芯，急性子的她，揪著房善和的衣領大聲說道。

「說！芯芯在哪裡？你知道芯芯在哪裡對不對？你說呀！」

面對立靖伶緊迫急切的模樣，房善和顫抖著雙唇慢慢說道：「她……死了……」

房善和擊其不意的一句話，讓立靖伶內心建立的希望瞬間潰堤，她直搖頭說著：「不可能……不可能……你……你在騙我……你在騙我！」

說完便往商街上衝去，房善和急忙的追去。

「立小姐，你等等！等等！」

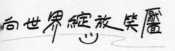

　　兩人的追逐不知過了多久，立靖伶終於體力不支蹲坐在地下，房善和從後方追上，看著失落的立靖伶，他緩緩的說道。

　　「芯芯……在與你分開後，便被志工安置在社福機構，後來被一對夫妻收養，視如己出，過著幸福快樂的生活……」

　　立靖伶聽著仍不相信的反問：「你怎麼知道？你跟芯芯到底是什麼關係？」

　　房善和壓住顫抖不止的手，回想著那段過去的美好。

　　「芯芯的本名應該是叫立芯吧！」

　　立靖伶從未與房善和說過芯芯的本名，當房善和脫口說出這個名字時，立靖伶感到相當驚訝。

　　「你……怎麼知道？」

　　看著立靖伶絕望的表情，房善和緊握著雙手繼續說道。

　　「芯芯被收養後改名為林茗茜，在一次的聚會上我們相識、相戀，然後結婚，還生了一個女兒叫蕾蕾，我們過的很幸福很快樂。」

立靖伶嗤聲一笑，「幸福？幸福的話芯芯怎麼會死？你是不是把她怎麼了？」

房善和面對立靖伶的質問與情緒化言語，不禁激動的落淚。

「我將她捧在手心呵護都來不及了，怎可能對她怎樣！唯一的錯就是我不該訂那間該死的飯店！我不該在下樓時沒帶著她們倆一起下去！如果……如果早知道會發生火災……我也不會……」

房善和的淚水隱含著各種悔恨與不捨，看著房善和失控的模樣，立靖伶的情緒稍稍有些緩和，她才理智地問道。

「在那場火災你們到底發生了什麼事？」

房善和回憶說道：「當時我們都以為只是誤觸警鈴，於是我便將他們母女兩留在房間，自己下樓詢問查看，但殊不知是真的火災警報，正當消防員要上去救茜茜他們的時候，突然發生爆炸，而我也在爆炸中失去這雙腿……」

想起當時煉獄般的情景，房善和抑止不住內心的悲苦，掩面痛哭。在一旁聽著的立靖伶癱軟在地，不敢相信房善和所說的一切。

「肯定⋯⋯肯定是你認錯了，你妻子才不是芯芯，芯芯才不會跟你這個騙子結婚！」

事到如今房善和也不想再與立靖伶爭辯什麼，他擦了擦眼淚平靜的說道：

「如果你想要你手中另外半張相片的話，就跟我來吧！」

立靖伶看著房善和轉身離開的背影，再低頭看著手上的半張相片，舉手擦乾兩頰的淚，默默跟在房善和的後頭回家。

回到家中的房善和，進到另一間他不敢踏足的房間，裡頭堆滿了全家的回憶，也包含當日火場撿拾到的個人物品。房善和拿起架子上的鐵盒，鐵盒裡裝著那天出遊蕾蕾戴的鯊魚髮飾、他與林茗茜的訂情鑽戒，以及半張相片，他將那半張相片遞給了立靖伶，立靖伶顫抖的接下相片，與她手中的半張相合，天衣無縫的完美結合，立馬吹熄了立靖伶心中希望的燭火。兩人沉默不語，立靖伶默默的離開了房善和的家，孤身一人在外，又再漫無目的地走著。

「完了……全都沒了……那我活著還有什麼意義？」立靖伶喃喃自語的說著，完全沒察覺到在後頭不停喊著她名字的房善和，好不容易追上立靖伶的他，抓住立靖伶的手。

「你要去哪裡？」

立靖伶甩開房善和的手。「我要去哪裡不用你管！」

房善和繼續上前抓住立靖伶的手。「我不能眼睜睜的看著你去做傻事！」

房善和一眼就看穿立靖伶的心思，讓立靖伶跌坐在地上瘋狂大聲哭喊。

「那你要我怎麼辦？這些年我都一直相信芯芯還活著，你現在卻跟我說她死了！你要我如何接受？在這世界已經沒有人會在乎我、關心我了！我只有一個人！還不如一死算了！」

房善和大聲的喊道：「還有我啊！我在乎你、關心你！你不是一個人，我會一直陪你的！」

聽到房善和這麼說，立靖伶愣了一下。看著不知所措的立靖伶，房善和繼續說道：

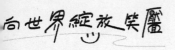

　　「不要盡想著做傻事好嗎？曾經的我也像你一樣的痛苦，但我走過來了，只要你願意相信這個世界是美好的，就會有活下去的希望。」

　　立靖伶擦了擦眼淚，努力的擠出一抹微笑，馬路旁駛來的車燈將立靖伶照的閃閃發亮，讓房善和不禁看傻了眼。

　　「謝謝你帶我認識這該死的世界……」立靖伶說完便衝向馬路，迎面駛來的大貨車，來不及反應，硬生生將立靖伶撞飛十幾公尺遠。

　　眼前的一切發生的太快，讓房善和來不及反應，輪椅上沾到的滴滴鮮血，充滿了絕望與不甘。房善和兩眼發直，就這樣呆若木雞的，直到警察到來。

四、最後的笑靨

　　幾個月過去，迎來了微涼的暖春，房善和帶著兩束花來到了風水寶地，一個放在了林茗茜的墓前、一個放在了立靖伶的墓前，而蕾蕾的墓前則放了鯊魚娃娃，房善和靜靜的燃起香，口中喃喃說道。

　　「第一次的失去，讓我從艱難中摸索希望，第二次的失去，讓我從痛苦中看見絕望，我以為我會很堅強，但……哼……吶！茜茜……你會怪我沒保護好你姐姐嗎？靖伶……我知道你一定在責怪我沒保護好你妹妹……但那時我真有想過要好好的照顧你，我們兩人相互扶持繼續走下去，結果……這該死的世界不僅剝奪了我的生活，也剝奪了你的希望，甚至連個機會也不給，或許……逃離這世界的掌握最好的辦法就是死亡吧……但……我沒有勇氣尋死……呵呵……你們應該覺得我很懦弱無能吧……」

　　房善和望著天上的藍天白雲，心情覺得有些開闊，他大口的吸氣、吐氣，望著墓碑繼續說道。

　　「我現在可以體會靖伶你當時的心情了，原來被世界拋棄是這樣的讓人覺得無助……呵……但又能怎樣？我還不是得為了生活、為了生存，必須得像螻蟻

119

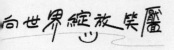

般，在這該死的世界想辦法苟延殘喘活下去，既然我都能挺過一次了，我想第二次應該也可以吧！」

房善和再次抬起頭望向藍天，努力的擠出一抹微笑，然後將比著中指的右手舉向天。

「去你的這個垃圾世界！」

（全文完）

愛？不愛？

文：君靈鈴

君靈鈴

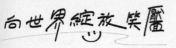向世界綻放笑靨

〈一〉 意外的同事

　　適逢年終公司結算之日，高蕾欣也跟著忙翻了，但沒想到上司卻在她忙得昏天暗地之時找她進辦公室，跟她說了一個大消息。

　　「老大，你是說公司說了很久的那個企劃案我可以加入？」高蕾欣當場瞪大眼睛忙著再確認一次，眼底除了開心別無其他。

　　「對，所以等這幾天結算完畢後妳馬上過去那個小組報到。」身為高蕾欣的上司，老張一向很肯定她的能力，而老實說這次高蕾欣可以加入也是老張的推薦。

　　「是！」高蕾欣高興得差點沒跳起來，但她忍住了。

　　只是忍住了跳起來的衝動卻忍不住臉上的笑意，這本來很痛苦得咬牙熬過的結算日就在她心情愉悅還哼著小曲兒的情況下過去了，然後就是她的報到日。

　　「你們好！我是高蕾欣，很開心要與大家共事，請大家多多指……教？」

高漲的情緒嘎然而止，高蕾欣一臉愕然看著眼前人，不敢相信自己看到了什麼。

韓騰堯！

為什麼她會在這裡看到這個殺千刀的？！

而相對於高蕾欣的驚愕，韓騰堯倒是沒太大反應，因為他是組長，早就收到了組員的資料，自然也知道前女友就是組員之一。

「歡迎妳加入。」眉一挑，韓騰堯其實心裡有點意外高蕾欣竟然沒有甩頭就走。

想當年他眼前這顆火爆小辣椒可是只要脾氣一上來就沒在客氣的，現在看來似乎是改變了一些，但誰知道呢？

「謝謝。」一鍵安裝上職業笑容，高蕾欣心裡也很訝異當年毛毛躁躁又白目的男人現在居然變得如此沉穩，著實讓她大開眼界。

「那麼我就先跟大家說明一下，這個企畫案對公司非常重要，而我也知道有些人對於我會在這個位置感到『相當疑問』。」說到此，韓騰堯還特地朝兩位特定人士撇去一眼。

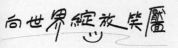

　　而他這一眼讓捕捉到的高蕾欣悄悄不著痕跡打量著被鎖定的那兩位人士，想著可能在她來之前這兩位給了韓騰堯什麼不好的印象才會如此。

　　但話又說回來，為什麼他會出現在這裡她也不清楚，這麼大的企劃案來一個空降的組長的確是讓人覺得疑問之餘也會讓有些本就覺得自己有本事的人感到不服氣。

　　不過沒關係，對於韓騰堯來說一切質疑都只是塵埃，反正只要有實力就不怕被質疑，他一點都不擔心，倒是比較擔心自己的小辣椒前女友會不會像以前一樣動不動就爆炸，那他就頭痛了。

　　而相對於韓騰堯此刻在想的問題，高蕾欣則是抱著看戲的心態等待之後的發展，畢竟在她印象中毛躁又白目的小子經過這麼些年到底改變了多少又是否能擔此重任，她可是沒辦法替他拍胸脯保證。

　　所以很明顯的，這一對舊情人各自懷抱著不同的心思，至於到底會不會有好戲上場，倒是很讓人拭目以待呢！

〈二〉 不是好戲是爛戲好幾齣

必須說韓騰堯跟高蕾欣都沒想到，想看好戲沒有但爛戲拖棚倒是幾乎天天都在上演，因為這十二人小組除了他們兩人及其中三位以外，其他人都非常「有個性」。

所以天天上演的戲碼幾乎都是這位跟那位意見不同起衝突，那位又跟另一位合作的不愉快，搞得韓騰堯幾乎天天都在做磨合工作，也讓極少嘗到工作不順暢滋味的高蕾欣這次硬生生被逼著幾乎天天體驗。

這樣下去不行！

在開始一個禮拜後，韓騰堯跟高蕾欣的心中幾乎是同時發出叫喊，而引爆點就是在周一早上才剛進辦公室就見到有兩個人扭打成一團，戰況看來相當激烈。

看到此情景韓騰堯無奈的翻白眼，而高蕾欣則是扶著額頭嘆氣，接著很有默契的走上前，一個出手拉開扭打的兩人，一個則是出言勸說，最後終於讓火爆的氣氛緩和了下來。

不過這只是一時的，因為就在韓騰堯等所有組員到齊後宣布打架的兩位組員被踢出此組後，氣氛當場

又變得劍拔弩張，除了宣布者與惹事的兩人及高蕾欣外，其他人都面面相覷，

「我贊成。」看了韓騰堯幾秒後，高蕾欣毫不猶豫投了同意票。

她是沒想到韓騰堯會連跟上頭先打招呼都不打就直接下決定，不過就這一個禮拜的情況來看，把兩個最大禍害踢出組的確是個很好的選擇，這樣一來不僅是把芒刺拔除，也有殺雞儆猴的效果，她覺得很好。

「其他人呢？有其他意見嗎？」韓騰堯帶著一臉不容質疑問著，明擺著就是「我問是問，但你們最好不要有意見」的意思。

不過雖然表情如此霸氣，但他還是不自覺朝一臉嚴肅的前女友那方看了一眼。

沒想到頭一個站出來挺他的人居然會是他的小辣椒前女友，讓他著實有點意外，但想了想他又想起以前她對於這類型的事件本就很不喜歡，這方面他們倆的思考邏輯一直都是挺合的，結果這個一直居然到此時此刻還是一樣。

「既然是公司特別拉出來的小組，自然是組長說了算。」環視眾人都是一副不知道該怎麼回應的表情，

高蕾欣不疾不徐又開口。

「那好，就此定案，如果有什麼不服可以請董事長出面協調，我會很樂意服從指令。」韓騰堯很故意，在高蕾欣說完之後根本沒給其他人反應時間就繼續接著說，而且這回更是毫不客氣直接點出自己只聽命於最高指導原則。

結果，早晨的一場鬧劇就在這對不為人知的前男女朋友一搭一唱中結束了。

當然對於其他人來說，韓騰堯想要的效果自然是達到了，但對於他們倆人來說，這樣沒有特別打招呼卻異常有默契的配合卻讓他們同時想到了過往，瞬間兩人心中都充斥著異樣的感覺，且想揮還有點揮之不去呢！

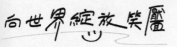

〈三〉　事隔多年

對於以前交往過但現在皆自認為都已很成熟的一對成年人來說，身為最後兩個下班且同時肚子餓的前男女朋友，互看了一眼還是忍不住覺得尷尬，因為這種情況如果是一般同事大抵會說「一起去吃點東西」或是「要不要去吃點東西」之類的話，但他們兩個就……

「……去吃點什麼？」韓騰堯還是開了頭，雖然他稍微猶豫了下。

「……可以。」高蕾欣也猶豫了下，最後同意了。

對，沒什麼好尷尬的，只要我們不尷尬，尷尬的就是別人！

然而事實證明，雖然大家都成熟了，事情其實也已經過了很多年了，兩人也一直裝沒事，但實際上真的兩人獨處了那種奇妙的氣氛還是很熱烈持續著，而且一直沒有消退的跡象直到韓騰堯送高蕾欣回家的路上，氣氛才稍微比較正常一點。

「……伯母還好嗎？」這回還是韓騰堯先開口。

「前年走了。」提到母親，高蕾欣的眼神黯淡了下來。

「什麼原因？」韓騰堯愣了下，忍不住發問。

「你也知道她很固執，有毛病不看醫生變成老毛病，老毛病變嚴重了還是不看醫生，我怎麼說怎麼勸怎麼唸都沒用，最後終於願意去醫院的時候已經來不及了，在醫院待了幾個月就走了……」說著說著，高蕾欣的嗓音有點哽咽。

「給。」把車停在路邊後，韓騰堯抽了幾張衛生紙遞給高蕾欣。

「謝了。」接過衛生紙，高蕾欣不忘道謝。

事實上她很少跟人提到母親的事，因為她知道母親一生要強又注重隱私，所以不喜歡他人把她的事情拿出來說。

但高蕾欣知道跟他說是沒關係的，當年她跟韓騰堯交往的時候，她母親是很喜歡韓騰堯的，雖然在她眼中韓騰堯就是個白目毛頭小子，但在她母親眼中韓騰堯就是個很會逗老人家開心的乖孩子，所以最後他們倆分手的時候，她還記得母親非常失望，因為她老人家一直以為韓騰堯這個孩子就是她未來的女婿，誰

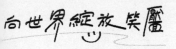

知道一直到去世她都沒能看到女兒披上婚紗出嫁。

「沒事吧？」韓騰堯轉頭看著她。

「沒事了，謝謝。」勉強擠出一抹微笑後，高蕾欣像是想起什麼忽然又開口。

「伯父呢？身體還好嗎？」她記得韓騰堯的父親對她一向很溫柔很慈祥。

這次換韓騰堯眼神不自在，看著她搖了搖頭。

「是嗎……伯父也走了啊……」高蕾欣不禁在心中嘆了口氣。

因為這樣的氛圍導致後來的路途上兩人都沒再對話，不過腦海中想的倒都是同一件事，那就是身為兩個單親寶寶，都只剩下自己了呢。

〈四〉　熟悉的味道

　　對以前年齡還輕的韓騰堯與高蕾欣來說，聽到對方的家人過世，可能就是驚訝又難過但不會想更多，可是對現在的他們來說，聽到這種消息很多想法就冒出來了。

　　這就導致休假日時兩個人都有些心神不寧，一個癱在沙發上想著對方獨自一人在家可能在做什麼，另外一個則是想著對方一個人待在家會不會覺得很孤單。

　　而這樣想著想著，毫無意外兩人的腦海裡紛紛浮現了當年交往的情景，各自在不同地方陷入同樣的回憶裡。

　　這樣的結果就是韓騰堯在星期六晚上逼近九點提著鹽酥雞出現在高蕾欣家門口，臉上帶著似笑非笑的表情，看著一身輕便還一頭亂髮的她跑來開門。

　　「韓先生，鹽酥雞對女人的夜晚來說是違禁品你不知道嗎？」高蕾欣忍不住白了來送消夜的人一眼，但沒有阻止他進門。

　　「妳這是歧視，誰說對男人而言就不是了？」韓

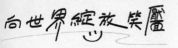

騰堯一邊說一邊很自然的自己在客廳找位子坐。

因為她住的地方一直沒變，甚至連擺設都沒什麼變，他就也依然感到熟悉而自在。

「你怎麼過了那麼多年還是喜歡那個位置啊？」高蕾欣一臉啼笑皆非看著周身氣場都散發著「舒適」二字的他。

「誰叫妳家那麼多年擺設都沒什麼改變，那我不就還是找老位置坐嗎？有些東西還是老的、舊的好。」韓騰堯回的很順口，卻沒發現高蕾欣眼神一閃。

「喔，是這樣啊！」雖然心臟突然重重跳了下，但高蕾欣卻裝成沒事人一般回應，不過她心裡可就不是這麼回事了。

他在我面前這麼說是什麼意思？

這個想法剛起，高蕾欣就猛地搖搖頭，暗自翻了個白眼嘲笑自己胡思亂想。

雖然大家年齡都增長了不少，但他們當初分手就是因為個性不合，甚至分手時還是用激烈爭吵開場收場，所以才會這麼多年老死不相往來，談「復合」二字著實可笑。

「過來吃啊！妳在發什麼呆？」沒察覺高蕾欣的異樣，感覺很舒適的韓騰堯朝她勾了勾手指。

「……會胖耶！」高蕾欣瞪了他一眼。

「偶爾放縱一下，不要對自己那麼嚴苛，妳再胖個五公斤也看不出來，安心吧。」韓騰堯認為食物是無辜的，有罪的是心裡有慾望且無法克制自己的人類，所以只要懂得自制，知道何時該放何時該收，那麼就不會有那麼多後續問題，人生依然快樂且不用自虐。

「謝謝您的誇獎，那我就不客氣了。」笑了笑，高蕾欣這才想起自己似乎是真的很久沒碰這類食物了。

然而等雞肉一入口她瞬間睜大雙眼，一股非常熟悉的感覺頓時竄入她的味蕾。

這該死的男人，非要這樣對待她嗎？

「怎麼樣？這家味道都沒變吧？」不知道自己被列為「該死俱樂部」一員，韓騰堯還喜孜孜問她。

「……我還以為這家沒開了。」畢竟她很多年沒過去以前常去的區域了。

「我也是心血來潮才繞過去看，結果發現有開就

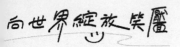

買了。」真相就是這樣。

　　「所以你是因為買了這個才來找我的？」這算什麼情況？

　　「不是，是因為要來找妳才繞過去看還有沒有在開。」韓騰堯說完很自然塞了兩坨雞肉入口。

　　「……所以你現在是想怎麼樣？」高蕾欣終於忍不住問出口，就在他說完最後那句話之後。

　　她覺得她需要一個答案，不管答案是什麼！

〈五〉 尷尬的情況

口中的雞肉還未咀嚼完畢，韓騰堯被這樣一問滿臉問號，不知道高蕾欣這忽來的情緒是怎麼了。

「我沒有想怎麼樣。」把雞肉吞入肚之後，韓騰堯才回應。

「……不好意思，我太激動了。」高蕾欣這才回神發現自己好像有點反應過度。

等一下，她幹嘛要激動？

高蕾欣完全搞不懂自己的激動為何來，更對那腦海中突然浮現的「復合」二字默默翻白眼。

復合？

得了吧，她一點都不想！

「喔，嗯。」韓騰堯聳聳肩，朝她勾勾手指要她趕快吃。

「嗯。」高蕾欣點了個頭，戳了塊食物塞入口中。

頓時間空氣中只有食物香與咀嚼及吞嚥的聲音，兩個人都沒再說話，就這樣你一口我一口，各自默默

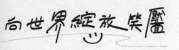

吃著袋中的食物，直到食物只剩下一些殘渣後，高蕾欣才抬頭。

「咖啡牛奶？」她很順口就這樣問了。

「好。」韓騰堯也很習慣性就點頭了。

然而這一來一往又造成了當高蕾欣把咖啡牛奶端給韓騰堯時，兩人又因為奇妙的氛圍再度沉默。

「我……先走了。」氣氛太過詭異讓韓騰堯覺得自己先離開才是上策。

要說他本來沒有多想什麼那是騙人的，他會帶著食物來找高蕾欣就是想了什麼才來的，至於這個「什麼」是什麼，老實說並不是不久前高蕾欣所想的那樣，又或者應該是說他沒有聯想到那個部分。

但現在氣氛變成這樣就讓人不得不想了，復合這件事雖然看似不可行，不過……

真不可行嗎？

韓騰堯覺得自己真的需要好好思考一下，雖然可能暫時沒有答案，但總比耗在這裡兩個人繼續尷尬的好，所以他決定離開，而高蕾欣也沒有多留他，「嗯」了一聲後送人到門口，說了「拜拜」之後就把門關上

了。

　　所以他們雙方都不知道，其實各自都站在門前站
了很久，心中異樣的感覺久久未退，但對「復合」兩
字卻都沒有給自己一個答案。

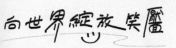

〈六〉　只是看不順眼

　　「復合」這兩個字不意外占據了韓騰堯及高蕾欣的腦海好多天，導致兩人在工作時都不太想對上眼，但倒不是討厭對方，而是不想在這種時刻還看著對方擾亂自己的心思。

　　因為大家都不是小孩子了，就不該有一時衝動就復合，然後說不定一時衝動又分手這樣的情況，所以說他們謹慎也好，想太多也好，根本是自尋煩惱也好，反正對於這件事，他們兩人意外很有默契的很慎重。

　　然後就是一個月過去了，還沒有想明白的兩人自然也不常交談，不過這樣的局面卻被一個事件攪亂了，那就是高蕾欣的生日到了。

　　本來韓騰堯也沒特別注意這件事，但偏偏就是今天下午高蕾欣之前辦公室的同事兼好姐妹在午休時間來找人，一見面就塞了個超大玩偶到高蕾欣手裡，說是自己過兩天要出差不在，所以禮物先送來。

　　高蕾欣自然是開心的，一雙大眼因為微笑而變得如月兒彎彎，頓時讓韓騰堯想起當年他也送過她一個很大的玩偶，而她笑得比今天還要開心，還因此害羞

地墊起腳尖在他嘴上親了一下。

真是遙遠的回憶啊！

但想起來卻很甜蜜，讓韓騰堯嘴角忍不住上揚，但也就這幾秒鐘，泡在蜂蜜罐裡的他，罐子就被人打破了。

「明天晚上公司高層有個聚會，我可以帶一個人去，誰要跟我一起出席？」韓騰堯唇邊浮現一抹不易被察覺的詭笑。

「我！」

「我我我！」

一時之間，爭奪之聲此起彼落，唯獨高蕾欣沒有爭取，但韓騰堯也不意外，故作姿態全場掃視幾眼之後，選了剛剛那位說要請高蕾欣吃飯的傢伙，完全不管身邊其他的女性同仁一直在他身邊喊著應該選女生才對。

至於高蕾欣，只是淡淡看了他一眼然後就拉著好姐妹吃午餐去了，對眼前那股盛況決定視而不見。

而對韓騰堯來說，目前這種情況他沒想稱之為忌妒，因為應該也還不到這個地步，如果硬要說的話就

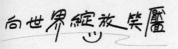

是單純的看不順眼，看他現在眼前這個笑得很滿足的
傢伙不順眼而已。

〈七〉　忌日

韓騰堯休特休了。

本來請假這種事也不算什麼大事，但偏偏讓高蕾欣聽到了他是因為父親的忌日到了所以才排休，這就讓她有點在意起來。

韓騰堯母親去世的早，他算是由父親一手帶大，就像她跟母親的關係一樣，所以她懂當這種日子時，像他們這樣在世上已不算有親人只剩自己的人內心會有多孤寂與傷感。

想了想，高蕾欣做了一個讓自己都驚訝的決定。

她也請假了，撥了通電話給韓騰堯，確定他還在現場後丟了句「等我」，接著沒等他問後續問題就掛斷了電話，之後大約三十分鐘後就出現在他面前。

「妳竟然真的還記得這裡？」見到高蕾欣出現，說實話韓騰堯一半是訝異一半是不好說出口的欣喜。

「畢竟這是個很特殊的見家長地點，要忘記很難。」高蕾欣笑了笑，接著閉上眼睛雙手合十誠心祭拜，只不過有些回憶卻慢慢浮現了出來。

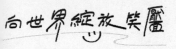

　　還記得那年他們剛交往不久，韓騰堯就牽著她的手說無論如何要帶她去給媽媽看看，她那時候還不知道他母親已經過世，慌慌張張想把自己打扮得更得體一點，誰知道他一句開玩笑的「妳應該不怕鬼齁」，讓她瞬間了解，原來他母親已經不在了。

　　不過就算這樣，她記得當時自己還是挺感動的，因為不管人還在不在，這位女性就是他的母親，這一點是無論如何也不會改變的事實，而他想讓母親看看她的這件事，也讓當時的她開心了很久很久，覺得心裡很甜很甜。

　　「我爸媽看到妳應該挺開心的。」事實上，韓騰堯自己本人也挺開心的，只是他目前沒有表現出來。

　　「先說好喔！一人一次，我媽忌日的時候，你也得陪我，互不相欠很公平。」高蕾欣也不知怎麼地就這樣順口提出了交換條件。

　　但說是交換條件她自己其實已經破壞了規矩，自己沒先跟對方商量就開始了這個交易，但她心裡卻很不希望他拒絕這個不公平的交易。

　　「原來妳是這個目的？」韓騰堯笑了。

　　「對啊，這個買賣很划算吧？」高蕾欣也笑了。

「還行啦，看在伯母的分上我勉強接受。」他故意露出百般無奈的神情。

「謝謝你啊，我老母親應該會很感謝你。」她白了他一眼。

「我怎麼覺得妳在偷罵人？」他瞇起眼睛。

「怎麼會？我是多麼有氣質又正經的人。」她眉毛一挑，不願意承認。

「是，那為了您今日特意過來一趟，就由英俊帥氣的小弟在下我準備午膳，不知大小姐是否賞臉？」他學著電視劇裡的口氣。

「成，擺駕餐廳。」她也很配合，還把手一伸，眼神一使要他把手臂貢獻出來。

只是這兩人兀自玩得挺開心，顯然是忘了場地不太適合，但幸好他們也沒逗留太久，在和兩位已經成仙的長輩告別後，就結伴吃午餐去了。

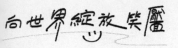

〈八〉　重燃的情愫

　　又是放假日，午後高蕾欣獨自一人待在家裡，點了香氛聽著音樂，這是她放鬆的一種方式，然而就在她昏昏欲睡的時候門鈴聲響了，而她不知道為什麼心頭一顫，那順勢而起的瘋狂心跳瞬間襲她而來。

　　只不過就是前男友，她幹嘛緊張？

　　高蕾欣忍不住對自己翻了個白眼，然後撫撫自己的心口，這才走上前開門。

　　「又一個人宅在家？」韓騰堯一看到她居家的打扮還有一副愛睡的模樣就開口笑道。

　　「又一個人無聊到來找宅在家的人？」韓蕾欣也不甘示弱，眉毛一挑。

　　「我是好心怕妳太宅，以後沒人要。」韓騰堯馬上回擊。

　　「多謝關心，我想這種事應該不會發生，本人行情向來不差。」高蕾欣這段話倒不是誇飾，雖然她語氣有點小驕傲兼小討厭。

　　「這點我信，畢竟是我的前女友怎可能沒行情。」

要耍驕傲誰不會，搶來驕傲也是傲。

「……你臉皮變得更厚了。」雖然本來也不薄。

「謝謝誇獎，這是社會生存之道嘛！」韓騰堯帶著很假的笑拍拍她的肩膀，然後很自然越過她進入她的領域。

「喂，你也進來的太自然了吧？我有說要讓你進來嗎？」高蕾欣真是又好氣又好笑。

「喂，有點良心好嗎？我站在門口陪妳抬槓那麼久，妳至少得請我喝杯咖啡或果汁吧？」這才是待客之道。

「那還真不好意思，我向來有良心，但如果遇到前男友的話，它會直接離家出走。」鬥嘴歸鬥嘴，高蕾欣還是走到小廚房去準備飲品。

「沒良心沒關係，只要能愛人的心還在就好。」看著她的背影，韓騰堯忽然說了一句意味深沉的話。

而這句話讓高蕾欣的動作頓住，她呆了幾秒之後，才悠悠轉身看著韓騰堯，卻發現這男人不知何時臉上的笑容消失了，取而代之的是一張略帶嚴肅的正經臉龐。

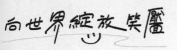

「你是怎樣？」高蕾欣的眉頭慢慢皺起。

「說實話，是有想怎樣。」韓騰堯站起身，慢慢走向高蕾欣。

「所以是怎樣？」一股壓迫感慢慢襲來，高蕾欣開始有點緊張。

「我就是想試試我們還能不能怎樣。」

說完的同時，韓騰堯已經來到高蕾欣面前，他俯瞰著她，看著她比以前稍微成熟一些的臉龐還有嬌柔卻不顯過瘦的身子，幾乎沒有猶豫就伸手攬住她的腰，在她瞪大眼之際低下頭吻住了她。

這一刻，稱不上電光火石，但兩人卻雙雙都知道完了！

因為這是心動的感覺，而且……

比上次交往前更劇烈。

〈九〉 再愛一次嗎？

親密的接觸過後是一段冗長的沉默，雙雙微微喘著氣的兩人視線並不一致，只見韓騰堯一雙眼直勾勾看著高蕾欣，但高蕾欣卻閃避著他的眼神，有股拒絕與他對視的味道。

這不能怪她，她的心很亂，被這一吻吻亂了，她本來以為自己已經夠成熟了，沒想到在唇齒相依的那一刻到來時她才發現原來自己根本還是個小女孩，心臟根本負荷不了。

而在一吻結束後她卻又發現自己還是有成長了一些，因為一個「真的要再試一次嗎」的念頭瞬間竄上她的腦海，這才讓她下意識閃避著韓騰堯過於炙熱的視線。

「妳很猶豫是嗎？」話說沒有說太明白，但韓騰堯知道高蕾欣一定懂他在問什麼。

「對，因為我們都不是小孩了，也都到了該思考未來的年紀，那種『要不然我們再試試，不行再說』這種觀念不該有了，如果要再一次交往那該考慮的範圍就更廣了，畢竟我們失敗過一次，終究還是知道彼

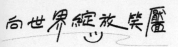

此曾經不適合彼此。」高蕾欣一鼓作氣把心裡的想法
都說出來。

「對，就是因為已經不是小孩了，所以我才會拖
到現在才吻妳，這麼說妳懂了嗎？」韓騰堯眼底是一
股堅定與不容置疑。

「所以你真的想好了？」高蕾欣其實是訝異的，
因為這個人以前不是這樣的。

「嗯，就等妳點頭。」這就是韓騰堯今日來的最
終目的。

「你為什麼這麼篤定這次我們可以？」高蕾欣不
懂他的自信從何而來。

「妳猶豫是因為我們失敗過，但我認為就是因為
失敗過所以這次不會再失敗。」韓騰堯的確是很自信
沒錯。

「所以我就是在問你為什麼認為這次就不會失
敗？」高蕾欣仰頭看著他，實在不懂這自信從何而來。

「就憑我們現在這種型態，我就知道肯定行。」
答案其實很簡單。

「哪種型態？」高蕾欣有點丈二金剛摸不著頭腦。

「溝通的型態。」韓騰堯很快給出了答案。

「這算什麼答案？這怎麼能作為……為……」反駁到一半，高蕾欣看著衝著她笑的韓騰堯，瞬間像是領會了什麼。

「為什麼不能？我們當初分手除了當時太年輕之外，最大的原因不就是因為我們從來不溝通嗎？那現在既然兩人都成熟了許多，也會溝通了，更知道如何關懷彼此，懂得在對方需要時出現，這樣還不足以成為復合的理由嗎？」如果這樣都還不行，那韓騰堯真不知道她是還想要什麼樣的條件了。

「呃……」高蕾欣忽然不知道怎麼反駁下去，因為她必須承認自己打從心底認為韓騰堯這番話確實有道理，尤其是用在他們兩個人身上。

所以……

該怎麼決定呢？

注視著等待答案的韓騰堯，高蕾欣的心忍不住悄悄悸動了起來。

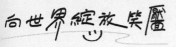

〈十〉 曾經不適合已是曾經

「呀！」

高蕾欣還沒來的及反應的她就被韓騰堯抱起高舉，害她忍不住發出驚呼。

「我就知道妳會答應。」韓騰堯仰視一臉驚魂未定的她，臉上的笑完全按耐不住。

「你又知道了？」恢復正常的高蕾欣馬上白了眼皮子底下的男人一眼。

「當然。」放下她，韓騰堯得意全寫在臉上。

「你的笑有點刺眼，你要不要收斂一下？」高蕾欣的白眼行動仍然持續著，而且有加劇的傾向。

「有好事發生怎能不笑？妳這樣有點強人所難，做人不能這樣知道嗎？」韓騰堯一副學者的口吻，但腹部馬上中了一拳。

「還要不要繼續說下去？」握著拳頭，高蕾欣完全不在意再來一次。

「喂，不是吧？復合的第一個小時內妳就動手動

腳了？那我以後日子怎麼過下去啊～～～」撫著心口，韓騰堯看起來演得相當投入及開心。

「喂，我可以反悔嗎？你怎麼突然變這麼油？這樣很討人厭耶！」高蕾欣一臉嫌棄。

「反悔當然是不可以！妳以為妳都同意了我會讓妳反悔？想都別想！」二話不說，韓騰堯直接手一伸，把高蕾欣攔腰抱起。

「反悔」這兩個字不能出現在他倆的字典裡，而既然有人犯了禁忌自然得處罰，絕不能姑息，所以他也很無奈，只能別無選擇抱著她朝臥室走去。

「你幹嘛！」高蕾欣頓時有點慌，只因為她發現他的目的地似乎是她的房間。

「說錯話的人都要受到處罰，說禁語的人也不可能例外。」他一臉正色回應她。

「什麼禁語？你又沒說過『反悔』是禁語！」高蕾欣氣呼呼的抗議。

「妳現在知道了，可是妳又說了一遍，所以妳說能不處罰妳嗎？」一切相當理所當然，沒有半點不合邏輯之處，至少韓騰堯是打算是這麼繼續下去的。

　　而不管實際上到底是不是理所當然或有無合邏輯，打算這樣繼續凹下去的某人抱著一邊掙扎一邊罵又一邊翻白眼顯得很忙碌的新科女友，毫不猶豫走入了她的房間，接著腳一踢，門瞬間關上，房間也成為了他們的兩人世界。

　　愛？不愛？

　　小孩才做選擇，他們是大人，當然選擇愛！

（全文完）

國家圖書館出版品預行編目資料

向世界綻放笑靨 / 藍色水銀、765334、汶莎、君靈鈴　合著
—初版—
臺中市：天空數位圖書　2022.08
面：14.8*21 公分
ISBN：978-626-7161-07-4（平裝）
863.55　　　　　　　　　　　　　111012542

書　　　　名：向世界綻放笑靨
發　行　人：蔡輝振
出　版　者：天空數位圖書有限公司
作　　　者：藍色水銀、765334、汶莎、君靈鈴
編　　　審：亦臻有限公司
製 作 公 司：明揚有限公司
美 工 設 計：設計組
版 面 編 輯：採編組
出 版 日 期：2022 年 8 月（初版）
銀 行 名 稱：合作金庫銀行南台中分行
銀 行 帳 戶：天空數位圖書有限公司
銀 行 帳 號：006—1070717811498
郵 政 帳 戶：天空數位圖書有限公司
劃 撥 帳 號：22670142
定　　　價：新台幣 300 元整
電子書發明專利第　Ｉ　306564　號

服務項目：個人著作、學位論文、學報期刊等出版印刷及DVD製作
影片拍攝、網站建置與代管、系統資料庫設計、個人企業形象包裝與行銷
影音教學與技能檢定系統建置、多媒體設計、電子書製作及客製化等
TEL　　：(04)22623893　　　　MOB：0900602919
FAX　　：(04)22623863
E-mail：familysky@familysky.com.tw
Https ://www.familysky.com.tw/
地　址：台中市南區忠明南路 787 號 30 樓國王大樓
No.787-30, Zhongming S. Rd., South District, Taichung City 402, Taiwan (R.O.C.)